L'étrange Monsieur Louis

L'ETRANGE
MONSIEUR LOUIS

Harry Trincheti
ROMAN

L'étrange Monsieur Louis

Autres ouvrages de l'auteur

Réflexions et Mélancolie, poésies

La balade du méditatif,roman

Blandine, souvenirs d'enfance , roman

Williamina Stencil, roman

Recueil de pensées, poésies

Le Dandysme, roman fiction

Eléonore, roman

****

Pour contacter l'auteur : harrytrincheti@gmail.com

Le mot de l'auteur

Cet ouvrage est une pure fiction, seul le héros de cette histoire est vrai. Dans sa réalité, il ne s'appelait pas monsieur Louis, mais monsieur Marcellin. Il ne travaillait pas dans une ambassade, mais dans une grande administration, au 4ème étage, au dessus d'un ministre placé au premier étage, dans les années 1980. Étrange possibilité que de pouvoir croiser des personnages invisibles et pourtant présents. Monsieur Marcellin était de ces hommes inconnus pour tous et qui par le plus grand hasard ont vécu quelque chose… Monsieur Marcellin était ce que l'on appelle « une époque », un « autre monde ». Monsieur Marcellin était l'invisible qui par ce simple fait pouvait aller partout, il respirait la confiance, il était celui par lequel le mal était impossible… J'ai croisé souvent ce personnage qui me faisait douter. J'ai reproduit dans ce texte beaucoup de choses de lui, comme se promener dans les couloirs avec ses charentaises, où il me disait :

-Je suis bien dans mes charentaises, je suis décontracté, c'est important pour bien travailler. Ces chaussons sont très souples et on est à l'aise dedans…

Monsieur Marcellin était physiquement un personnage de bande dessinée, vous l'avez croisé dans Tintin, souvenez-vous de ce savant aidant le professeur Tournesol, cet homme avec des cheveux blancs, mi-longs, des pantalons appelés « pantalon flûte » une chemise blanche avec le col dur… Eh bien, c'était lui, Marcellin. Ce monsieur avait fait de drôles de choses dans son passé… Un jour, s'ennuyant chez lui et sortant d'un dépôt de bouquiniste comme il y en avait tellement partout, il avait choisi de changer de vie… Il a donc été, comme à cette époque 1970-1975, chez un fabricant de plaques de porte et y avait fait inscrire docteur Marcellin et dans une imprimerie, avait fait des papiers au nom de docteur Marcellin. Une fois la plaque posée, il a attendu tranquillement les malades, dans son pavillon de banlieue… Cela n'a pas traîné et les gens sont venus chez lui… tout fonctionnait bien. Il avait tout simplement acheté des livres Vidal obsolètes dans le surplus de livres… et quand venait une personne, il ouvrait le livre à la page de la maladie et donnait un médicament. Le tour était joué. Puis un jour , vinrent deux malades et après diagnostic, il fit l'ordonnance réglementaire, hélas ! eux ne payèrent pas, mais sortirent leur carte d'inspecteurs de la Sécurité sociale… Contrôle… La seule petite chose que le « docteur Marcellin » avait oubliée, était les remboursements de frais médicaux par la Sécurité sociale… Or, là le docteur Marcellin n'existait pas sur le registre… Il a été condamné à ne plus être docteur pour le restant de sa vie, il s'en moquait, car il n'avait pas fait d'études ni passé de diplôme en médecine. Il a été rayé de l'ordre des médecins qu'il ne connaissait pas, et était retourné tranquillement dans son administration…

Pour le reste, c'est pareil, monsieur Marcellin était un futé. Un soir dans les années 80, regardant la télévision quelle n'a pas été ma surprise en le voyant dans un téléfilm. Le téléfilm se passait dans un concours de fumeurs de pipes, il faut mettre le moins possible de tabac dans sa pipe et tenir le plus longtemps… Et l'acteur principal se trouvait sur une estrade et était face à lui dans la salle d'un théâtre… Marcellin, le challenger… Une prise de vues sur l'acteur, une prise de vues sur Marcellin, et cela pendant cinq bonnes minutes…

Hélas, la vie de ce cher Marcellin s'est brisée par le zèle d'un agent d'accueil. Cet homme était méfiant face à lui, et le surveillait… Un jour continuant son enquête, il a écouté Marcellin parler à sa maman, puis une fois parti, a appuyé sur la touche rappel… Il est tombé sur l'horloge parlante. Il a demandé au bureau qui il était, et la réponse était, « Parti en retraite depuis 5 années, » quant à sa mère, elle est morte depuis 10 années… Il lui téléphonait tous les jours pour lui dire qu'il ne venait pas manger ce midi… Voilà un enfant ayant de la tendresse pour sa maman.

Allez, ne vous inquiétez plus, monsieur Marcellin est maintenant aux pays des rêves depuis longtemps... Bonne lecture à tous...

Ce livre est écrit dans le style des années 60-70, certains mots sont crus, mais sont de cette époque-là.

Préface

Cette histoire se passe pendant une prise d'otages. Un homme âgé, nommé ou surnommé monsieur Louis par tout le personnel, sortant dont on ne sait où, d'une partie de l'ambassade, va libérer tous les otages, dans un sang-froid impressionnant.

Qui est monsieur Louis ? Personne ne le sait. A-t-il une famille ? A-t-il des enfants ? A-t-il des parents ? Quel âge a-t-il ? Où vit-il ? Surtout que fait-il comme travail dans l'ambassade ? On pourrait se demander, à quoi sert-il dans cette ambassade ? Personne ne pourrait vous répondre, ou personne ne pourra plutôt, vous répondre.

Monsieur Louis, c'est un personnage sans grandeur, sans valeur, sans importance. Monsieur Louis, cela pourrait être n'importe qui et c'est n'importe qui… Monsieur Louis, c'est l'inconnu qui passe à côté de vous, c'est celui qui va tranquillement chez les commerçants de sa rue, de son quartier.

Monsieur Louis, c'est le monsieur très poli, simple, et sans manière, sans méchanceté, sans colère, sans rien... C'est celui qui va traverser le temps, alors que le temps ne le voit plus, il est l'invisible du temps présent, passé, et avenir. Monsieur Louis, c'est un fantôme, c'est un mystère, c'est un illogisme, c'est un temps incertain, c'est une anomalie de la période... Que dire de plus de lui, rien... Allez, tout gentiment, découvrons-le.

Nous sommes en juin ; le ciel est à moitié couvert et l'après-midi est entamée. Il est à présent 15h10 et les invités entrent calmement dans les salons de l'ambassade, par le hall d'entrée. Celui-ci est orné de part et d'autre de sculptures imposantes en marbre représentant des dieux et des déesses romaines. Le tout est encerclé de portes - souvent fausses - entourées de pierres marbrées d'apparat, donnant à l'ensemble un goût à la fois lugubre et princier. Sur le haut de ces portes sont posés de faux bustes de gens ayant peut-être existé il y a longtemps, et dont plus personne ne se souvient ; pour eux, ne reste que les femmes de ménage qui prennent encore le temps de les faire rire en les chatouillant avec leur plumeau...

Au sol, un mélange de décoration hétéroclite, entre le marbre et la pierre brute, le tout légèrement lustré par les passages répétés des balais à trapèze, les diverses cires pour faire briller et un je-ne-sais-quoi d'ancien… Cet endroit sent le vieux, le rococo, le temps qui passe mal et l'inutile… Mais fait encore plaisir à ces belles dames et ces beaux messieurs qui, sortant de chez elles et de chez eux, de leurs maisons tristes de petits bourgeois, se croient soudainement transportés à Versailles, à l'Élysée ou à Chambord… Il en faut parfois peu pour faire rêver les gens qui n'ont rien ou pas grand-chose… Là, un majordome en costume de cérémonie officiel, vêtu de la célèbre «queue-de-pie » et de la chaîne qui lui confère une tenue de majordome officiel, s'adresse avec une gentillesse flatteuse – voire obséquieuse à toutes et tous, avant de les guider posément et majestueusement vers une autre pièce…

Ils entrent alors dans le grand salon d'honneur, au plafond sculpté, aux murs recouverts de tableaux anciens représentant des batailles napoléoniennes, entourés de grands rideaux de velours rouge pour terminer le décor ancien et vieillot… Là déjà, une vingtaine de personnes, toutes habillées mises sur leur 31, attendent avec impatience l'entrée des deux personnages de cette journée, monsieur l'Ambassadeur et monsieur le Chef du cabinet.

Monsieur l'ambassadeur avait dû jouer sur l'ancien pour cette soirée. Certes, il aurait pu organiser - et c'est ce qu'il voulait faire - une réception plus moderne, plus vaste, moins chargée, moins guindée, moins vieillotte... Lui était bien loin de cette triste époque « grands rois, grands princes et grandes dames ». Lui n'était plus de cette antique période de gens imbus de leur personne, de ces gens « qui se croyaient », et qui n'étaient que des fantômes, dans des villes voulant respirer autre chose qu'eux.

Pourtant, il y avait quelque part dans cette ambassade, une autre salle, un grand salon moderne, vide de toutes ces « horreurs du temps passé » disait-il, mais plus imposant, un salon dit «1930 », avec de belles hauteurs de plafond, de grandes colonnes rectangulaires le long des murs. Ce salon avait un plafond sobre, mais éclairé par des lampes cachées dans de faux coffrets, renvoyant tout leur éclat vers la salle basse. Cette salle était meublée tendance et tout en discrétion par des bureaux semi-rectangulaires, des bureaux en bois exotiques ovales, de sièges en bois recouverts de tissu matelassé crème, accompagnés de grands buffets en acajou et d'œuvres d'art moderne.

Une salle aux murs de couleur vert amande ornés de niches à mi-hauteur dans lesquelles étaient posés des bustes de marbre blanc d'inconnus, se tenant les mains en signe de fraternité pour l'avenir... Une salle au sol recouvert d'une moquette crème, faisant ressortir les meubles ébène et acajou. Dans ce salon où régnait un vide impressionnant, une envie de silence s'imposait. Tout autour de la moquette crème, courait une immense allée de plaques de marbre blanc rainurées sur deux largeurs, le tout éclairé par de grandes baies en verre, y apportant à la fois luminosité et fraîcheur...

Mais il fallait suivre le protocole et ne pas trop accélérer la marche du progrès, faire encore « vieille France ». Combien de temps faudrait-il pour que quelque chose bouge dans l'intelligence ? En ce moment, nul ne le savait…

En cette magnifique journée, l'ambassadeur, monsieur Léoton devait remettre une décoration à son chef de cabinet. En son for intérieur, il ne cessait de se répéter qu'elle était vraiment moche, mais il le ferait quand même, par obligation et en remerciement de ses bons services auprès de lui. Ce chef de cabinet était en effet appelé dans une autre ambassade. Il venait de passer dix années aux côtés de cet ambassadeur, monsieur Léoton qui, avec le temps, était devenu l'ami.

Le buffet avait été placé par le traiteur face à la porte d'entrée suivant le hall, les boissons placées au frais sous les tables en bois, celles-ci enjolivées par des nappes blanches en tissu damassé. Les serveurs étaient au garde-à-vous, attendant près des petits fours et autres assortiments salés et sucrés que tout soit fini pour proposer aux invités les petites délices tellement attendues. Car beaucoup d'invités ne venaient ni pour le discours, ni pour le départ, ni pour le lieu… mais pour une chose

beaucoup plus intéressante et terre-à-terre…
La bouffe ! En clair les « amuse-gueule »,
puisque c'est comme cela qu'ils étaient
gentiment nommés depuis des lustres dans
tous ces endroits mondains… et sans oublier le
champagne, qui serait noté par les convives, et
qui feraient tous deux, la réputation du partant
ou du restant… et parfois même sa carrière…

Puis ce fut l'entrée des deux hommes,
souriants et heureux, venant du bureau de
l'ambassadeur, comme deux complices… Le
silence se fit immédiatement et l'ambassadeur
prit la parole en se plaçant derrière le micro.

-Mesdames, messieurs, nous sommes réunis
dans ce grand salon cet après-midi pour, vous
le savez toutes et tous dire, hélas, au revoir à
Monsieur le chef de cabinet. Cet homme
important qui a tant donné depuis dix ans à ce
poste et qui a tant apporté à cette ambassade.
Ah ! Que de route faite avec lui, dans une
simplicité immense. Derrière ce grand
monsieur simple et efficace, se cache un
homme de terrain, un homme qui,
progressivement, s'est fait connaître par tous
et qui, aujourd'hui, enfin reconnu, reçoit son

ordre de mission pour une autre ambassade, mais pas n'importe laquelle : celle de l'ambassade de France au Japon, et non plus comme chef de cabinet, mais en qualité d'ambassadeur. C'est un grand honneur pour moi de lui remettre cette décoration, qu'il mérite amplement, et qui est le signe des remerciements que je lui dois, car cette décoration est le point de départ pour un travail à la hauteur de l'homme qu'il est, et à la mesure de ce qu'il apportera à la France. Mais j'arrêterai là mes propos, heureux et fiers, et je lui dis en toute franchise (il se tourna vers son assistant) : mon cher chef de cabinet, je suis à la fois heureux et malheureux de votre départ. Malheureux parce que je perds un très bon chef de cabinet et un précieux collaborateur, mais heureux parce que je vais désormais retrouver en vous un ami, un collègue, un ambassadeur au Japon qui me fera découvrir ce pays.

-Je vous remercie monsieur l'Ambassadeur. L'ami que vous avez eu à vos côtés pendant ces dix années deviendra, j'en suis certain, l'ami de l'ambassadeur pendant encore dix autres années et même davantage. Et comme on dit,''loin de l'autre, le souvenir reviendra me rappeler que vous étiez là et que vous m'avez fait confiance, et que c'est grâce à vous que ce poste me revient''… Monsieur l'Ambassadeur, ma peine est grande de vous quitter, vous et tous ceux qui étaient à mes côtés. Je suis peut-être le chef de cabinet, mais tout le personnel qui nous entoure est également très important. Tous m'ont beaucoup aidé, orienté et grandement apporté pour me mener dignement là où je vais me rendre dans quelque temps… cette belle ambassade. Et je tenais à vous remercier aussi. Oui, je vous quitte pour un poste d'ambassadeur de France au Japon, mais la distance n'arrêtera pas le souvenir que j'aurai de vous toutes et tous. Je pars d'ici le cœur triste, ce lieu où j'ai travaillé avec le grand homme que vous êtes, monsieur Léoton… Mais sachant que nous allons, nous revoir en d'autres lieux, en qualité d'amis pour faire le lien entre les peuples et les continents ; je retrouverai plus qu'un ambassadeur, je retrouverai un homme qui a su me donner beaucoup, qui a eu confiance en moi, et m'a donné bien plus que son amitié, qui m'a donné son cœur d'homme, sans grandeur de vue et une sagesse incroyable… Il a tout de suite vu ce petit élément dont je n'avais pas conscience, cette possibilité de dévier et de prendre une autre direction. Je vous en remercie infiniment et (il se tourna vers l'assistance avec un demi-sourire) ne voulant pas trop faire attendre les petits fours, qui vont refroidir et perdre de leur goût, je vous remercie tous ici immensément pour votre présence en ce jour ; je vous remercie vraiment de cette décoration qui me touche beaucoup. Je vous redonne la parole monsieur l'Ambassadeur et maintenant collègue…

-Bon, eh bien puisqu'il faut le faire…, Monsieur l'ancien chef de cabinet, c'est pour moi un très grand honneur de vous faire accéder au grade de chevalier de la Légion d'honneur sur ordre du président de la République (dit-il en agrafant la rosette tricolore au revers de la veste de son homologue) et je vous dis bonne route, Monsieur l'Ambassadeur de France au Japon… Merci chers collègues, je vous remercie tous sincèrement et maintenant, que l'on fasse sauter les bouchons qui n'attendent que cela !

Les invités se dirigèrent vers l'espace rafraîchissement en quelques secondes, oubliant les deux hommes et leurs discours. Entre les éclats de voix et les rires, cette petite réception se déroulait agréablement. Il était alors aux alentours de 16h15 quand, tout à coup entrèrent en courant, un groupe de six individus revêtus de masques de carnaval, qui se mirent à crier :

-Tout le monde sur le sol ! C'est une prise d'otages ! Nous sommes le groupe Yakati et nous revendiquons cette attaque ! Ce n'est pas après le personnel que nous en avons, mais après le nouvel ambassadeur de France au Japon… Couchez-vous sur le sol et ne dites rien, sinon vous serez abattu… Si vous restez calme, nous ne vous ferons aucun mal… Levez-vous, monsieur l'Ambassadeur de France au Japon : à partir de maintenant, vous êtes notre otage et notre porte-parole. Nous n'avons pas été écoutés par votre prédécesseur et vous, vous êtes à notre portée. De plus, nous attendions votre nomination officielle pour faire cette prise d'otages.

-Mais je ne vous connais pas, qui êtes-vous ?

-Nous sommes le groupe Yakati, un groupe japonais, et nous exigeons l'arrêt immédiat des recherches génétiques concernant notre peuple.

-Mais de quelles recherches génétiques parlez-vous ? Sur votre peuple ? J'avoue que je n'ai jamais entendu parler de tout cela. Écoutez, je viens juste d'être nommé ambassadeur voilà quelques heures, je ne connais pas cette problématique ; de plus je ne peux rien faire pour vous : un ambassadeur est un simple diplomate entre deux pays en ce qui concerne les accords administratifs et là, apparemment, votre problème est plutôt gouvernemental...

-Silence ! Justement nous allons nous servir de vous pour forcer notre gouvernement, ainsi que le vôtre, à arrêter ces recherches génétiques. Levez-vous et suivez-nous dans votre bureau ! Pour toutes les autres personnes dont vous (ils désignèrent le diplomate) monsieur l'Ambassadeur de France, placez-vous le long de ce mur et ne bougez pas... N'essayez pas de joindre qui que ce soit, toutes les lignes téléphoniques sont coupées, vos chauffeurs sont dehors, attendant dans leur voiture et les quelques policiers qui gardent cette ambassade ne se doutent de rien… Actuellement, vous êtes absolument isolés…Nous avons tout prévu depuis des semaines.

Quatre des assaillants restèrent dans le salon, surveillant les otages et en profitèrent pour fermer les persiennes et les rideaux, bloquer les portes d'accès, éteignant les lumières au maximum. Deux d'entre eux gravirent l'escalier du hall et fouillèrent minutieusement les différents bureaux ; puis ne trouvant personne, ils redescendirent, puis fouillèrent les deux couloirs du rez-de-chaussée, dont l'un donnait dans le bureau du chef de cabinet et l'autre, dans le secrétariat de l'ambassadeur.

Quelques minutes plus tard, l'avenue fut bouclée par la police, car l'un des livreurs du traiteur avait pu partir sans être vu et avait tout de suite averti les forces de l'ordre.

Après s'être un peu calmée, l'assemblée des invités entendit au loin, le hurlement des nombreuses sirènes de police…

-C'est ce que nous attendions, annonça le chef du groupe. Dans quelques minutes, toute la presse de votre pays sera présente, nous pourrons ainsi délivrer notre message sur toute la planète. Je vous le   répète, nous ne vous voulons aucun mal, nous sommes là seulement pour délivrer un message autour de nous pour que s'arrêtent ces recherches génétiques dans notre pays… Une fois le message communiqué partout, nous repartirons et tout rentrera dans l'ordre… Nous ne sommes aucunement violents, mais nous pouvons le devenir… Une erreur peut se faire…Nous n'en serons pas responsables…

Pendant ce temps, à l'arrière de son bureau terne, un homme âgé, aux cheveux blancs, à moitié long, le visage simple, pas trop vieux mais l'air avancé dans le temps. une chemise blanche de style ancien avec ce col fixe mais ouvert, habillé dans un pantalon ancien, propre mais d'une époque différente. celle des pantalons à flûte qui partent d'en haut et finissent logiquement vers le bas, tous serrés. Un air froid lui donnant une importance du moment... Il donne l'impression d'être totalement à un moment où il est nécessaire de penser, d'être en lui. ne penser qu'à cela, comme si c'était une gravité totale, finit soigneusement l'inventaire de son stock, il est bien loin de tout ce qui se passe au-dessus de sa tête.

Cet homme... eh oui ! c'est tout simplement monsieur Louis, notre petit fonctionnaire responsable des fournitures et autres besoins comme les prises de courant, les meubles de l'ambassade, les machines à écrire, le papier à en-tête de l'ambassadeur, les stylos et les gommes.

Ce monsieur Louis, c'est la soupape de sécurité de l'ambassade, il gère, il tient, surveille, protège, adapte, change, arrange. En clair, il fait tout son possible pour que tout aille pour le mieux dans ce lieu de travail qui est le sien depuis plus de quarante années... Mais monsieur Louis, n'a oublié qu'une toute petite chose... c'est que plus personne n'a besoin de lui maintenant, car plus personne ne sait qu'il existe encore... Le modernisme des années 1980 a changé la donne, fini les carbones, les feuilles doubles, fini les porteplumes, les crayons et les craies, fini les vieilles machines à écrire, fini les rubans effaceurs, les gommes à papier, les encriers, les règles en bois rectangulaires, les souschemises et tout le barda…

Le monde a évolué, l'ambassade a changé, et les fournitures sont maintenant expédiées par camion des entreprises privées directement au secrétariat de l'ambassadeur, des grandes entreprises qui ont des contrats. Il est possible que Monsieur Louis ne s'en soit pas rendu compte, mais il vit dans le silence de l'ambassade, et il y demeura si longtemps au sous-sol que le lieu lui-même fut oublié. Car le modernisme est aussi passé par là…

Plus de chauffage à l'eau où le personnel était nécessaire, tout cela est remplacé ou a été remplacé pour prendre le chauffage électrique, meilleur marché, moins coûteux en personnel. Le sous-sol était donc simplement fermé, muré, enterré, parti, fini, oublié, arraché aux souvenirs. Les nouveaux occupants ne savent même pas que le sous-sol existe, et qu'à l'intérieur vit une petite souris appelée monsieur Louis…

Sacré monsieur Louis ! Tenez, je vais vous le faire découvrir un peu plus…

Donc, chaque matin, officiellement, il prend le train de banlieue. Comme c'est le cas depuis des années, il est devenu un habitué des trains de banlieue, de même que des centaines d'autres qui le font matin et soir. Puis, il prend le bus qui le mène à cette petite rue, rue Léopold-Levert, et poursuit enfin son chemin tranquillement à pied et discrètement, il passe par une vieille porte de fer un peu rouillée par le temps, oubliée également par tout le monde, comme lui pendant des années, et que monsieur Louis graisse méticuleusement de temps en temps, parce que parfois elle fait du bruit. Ce n'est pas surtout pour le bruit, mais par respect du matériel administratif... et surtout, si lui ne le fait pas, qui le fera ? Et enfin, il arrive à son bureau à l'heure précise. Jamais de retard, il ne le faut pas, un bon fonctionnaire doit être sérieux et précis… Jamais de repos, même malade, il vient.

Il a tout pour prendre soin de lui-même dans les différents placards qui l'entourent...Sa petite casserole avec un récipient chauffant électrique. Un petit coin qu'il a aménagé au fil du temps à l'arrière de son bureau, afin que les odeurs ne gênent pas le personnel pendant leur travail. Il a aussi un petit frigo… une vie pépère pour un bonhomme pépère…

Une fois par mois, il passe immuablement au magasin de fournitures, vieil établissement datant de sa jeunesse, qui fait vieille France mais toujours en place pour le folklore rural et les piétons, les visiteurs étrangers.Ce vieux magasin est placé dans le fond d'un passage sur les grands boulevards, et il vient chercher des fournitures. Là, il est encore très connu comme un excellent ouvrier fonctionnaire, minutieux, scrupuleux, honnête, trop ! disent certaines personnes du magasin.« Il devrait être plus courageux, se rebeller », « ne pas se laisser marcher sur les pieds » pensent d'autres. De petits avertissements lui sont recommandés, mais monsieur Louis est comme sourd, à cet instant-là.

-Alors monsieur Louis, comment ça va à l'ambassade, pas trop dur avec monsieur l'Ambassadeur ?

-Monsieur l'Ambassadeur me demande toujours plein de choses, il a besoin de moi. Je viens cette fois pour lui acheter les cartouches pour son stylo à plume, vous en avez toujours j'espère…

-Mais bien sûr, nous vous en avons mis de côté un carton d'encre noire, comme vous nous l'aviez demandé ? Combien vous faut-il de cartouche, cette fois-ci ?

-Je vous en prendrai 20 comme la dernière fois, monsieur l'ambassadeur était très heureux, il vous en remercie. Il m'a demandé aussi si vous avez des stylos appelés surligneurs… Je ne connais pas…

-Oui, bien sûr, ce sont des stylos qui servent à marquer à la couleur fluo, des parties de textes importantes, quelle couleur veut-il ?

-Je ne sais pas trop, qu'avez-vous ?

-Jaune, orange, bleu, vert, marron, violet, rose…

-Je vous prendrai les quatre premières pour l'instant, je reviendrai s'il veut d'autres couleurs. Il lui faudrait aussi un taille-crayon, une règle 30 centimètres carrés, vous en avez encore ?

-Bien sûr, monsieur Louis...

-Ah, j'oubliai, un grand cahier à petits carreaux à ressort…

-Quelle couleur ?

-Il veut du bleu, absolument du bleu, c'est impératif, vous savez, il a des préférences, et je ne veux pas le choquer. Il est ambassadeur, nous lui devons le respect, c'est un monsieur …

-Et avec cela, monsieur Louis, il vous faudra autre chose ?

-Pour cette fois-ci, ce sera tout. Combien vous dois-je ?

-Cela fera 12 € 30… Mais pourquoi payez-vous toujours, ne vous laissez pas faire monsieur Louis, nous pouvons envoyer la facture à l'ambassade directement, c'est à eux de payer… Il y a un service de la comptabilité…

-Non, il ne veut que mes fournitures, et c'est entre lui et moi, vous comprenez… C'est privé, J'ai la confiance personnelle de monsieur l'Ambassadeur. Lui plus tard s'arrange avec la comptabilité pour se faire rembourser… Il veut cela comme ça, je ne vais pas le contrarier… Bon, je vais vous laisser, et je repasserai vers la fin du mois, il m'a dit qu'il aurait des fournitures à me demander. Je vous souhaite à tous et toutes, une bonne journée et un bon courage…

-Nous aussi monsieur Louis, et à la prochaine…

Après cela, monsieur Louis reprend avec joie et sereinement son petit bus, et retourne à l'ambassade, redevenir petite souris. Que fait-il de toutes ces fournitures... rien... il les stocke au cas où, au cas ou quoi? Au cas où rien …

L'ambassadeur écrit au stylo à bille, et ne connaît même pas l'existence de notre petite souris. Mais pour monsieur Louis dans sa tête démodée, un ambassadeur doit expressément écrire à la plume. Le respect de son poste et de son titre… Monsieur Louis, par respect lui a supprimé la plume d'oie et l'encrier depuis quelques années, il faut que monsieur l'Ambassadeur évolue avec son temps. Nous ne sommes plus en 1800, fichtre Dieu… En plus, cela le fait se promener tous les mois en autobus à travers Paris, ainsi il voit la ville évoluer irrémédiablement en bien ou en mal, cela ne lui plait pas toujours, mais il s'y fait… Monsieur Louis en vieillissant devient philosophe. « Il faut bien, dit-il, mais quand même, où est ce Paris qui faisait tant rêver. Tout n'est pas moche, mais quand même… »

-Nous voulons la presse de votre pays, nous retenons les deux ambassadeurs, et si vous ne voulez pas qu'ils leur arrivent malheur, laissez-nous dire nos divers messages à la presse et à la télévision française et étrangère… Nous sommes le groupe YAKATI.

-Pour l'instant, il faut attendre l'accord du président de la République, mais il nous faut votre texte écrit avant, cria un inspecteur de police, caché derrière sa voiture...

-Vous n'aurez rien, nous ne négocierons jamais, nous ne vous donnerons pas un simple bout de papier, mais des paroles franches et en direct face à des caméras de télévision... Nous vous donnons deux heures, après vous aurez des victimes à votre compte...

Étrange bruit

Mais quel est ce bruit, se demande d'un seul coup monsieur Louis au fond de sa cave ?

Cela faisait plusieurs minutes qu'il entendait des bruits inhabituels. Ça fait longtemps qu'il travaille à l'ambassade, et il connaît et reconnaît chaque bruit. Et là ces bruits ne sont pas ceux de l'endroit si calme… Que se passe-t-il donc au-dessus ? Il se lève, pose ses lunettes, et ouvre la porte de son bureau, entre dans le labyrinthe de couloirs, écoutant les différents bruits venant du rez-de-chaussée. Il entend des hurlements et des voix qui n'étaient pas vraiment celles de tous les jours. Il y avait jadis, parfois des fêtes et réceptions dans la journée.mais les voix n'étaient pas aussi fortes, si criardes, hurlantes, non, c'était plus des rires, des haussements de rires pour se faire remarquer. Que se passe-t-il d'anormal au-dessus, dans l'ambassade ? Il posa son oreille sur le conduit de l'ancienne cheminée et écouta.

-Nous ne vous voulons pas de mal, ne criez pas et ne cherchez pas à vous enfuir, sinon vous serez tués immédiatement …

Entendant cela, monsieur Louis revient tranquillement à son bureau, dépose ses charentaises, met ses chaussures de ville, prend son manteau et par les couloirs d'arrivés, ressort de l'ambassade, et faisant le tour, va voir ce qu'il se passe. Quand il arriva, un rassemblement se faisait déjà entre ceux qui parlaient et ceux qui regardaient étonnés, il se faufila tout doucettement comme pour ne pas se faire ou reconnaître, ou pour ne pas gêner. L'avenue principale était bloquée, la police avait mis des barrages de protection partout

.-Que se passe-t-il demande respectueusement en s'étonnant monsieur Louis à une femme présente presque au premier rang ?

-Il paraît qu'il y a une prise d'otages dans l'ambassade… mon pauvre monsieur, quelle époque… J'étais là chez le primeur, à acheter mes légumes, quand tout a commencé… Moi l'ambassade, je connais, je suis né derrière, rue des Poteaux, alors si c'est vous dire… mais quelque chose n'était pas normal, je sentais comme une petite chose, étrange… Je parlais avec mon commerçant, quand il s'est passé comme une bousculade, et des gens sont rentrés dans l'ambassade… Puis la police est arrivée, et elle a tout bloqué… Quelle époque, mais quelle époque, je vous le dis.

-Cela fait longtemps ?

-Non, il est 17 h05, cela doit faire 30 minutes au maximum, la police est arrivée tout de suite, ils ont bloqué le passage, puis sont arrivés les forces d'interventions…

-Mais qui sont-ils, ces individus sans scrupules ?

-Pour l'instant, l'on n'en sait rien, mais ils sont nombreux, j'étais chez le primeur comme je viens de vous le dire, quand je les ai vu rentrer en courant… Où va-t-on, mais où va-t-on ?

Monsieur Louis y resta peu de temps, et il retourna dans son sous-sol privé. Une prise d'otages dans l'ambassade ! Était-il censé prévenir la police de la possibilité de traverser la ruelle à l'arrière et les caves ? Il n'osa pas le dire, car, que penserait la police de sa présence dans l'endroit ? et qui dit, qu'ils ne le prendraient pas pour un complice ou tout autre chose.

Monsieur Louis, fâcheusement, ne voulait pas de problème, et retourna à son bureau en se demandant ce qu'il pouvait faire seul. Il ne pouvait pas s'imaginer partir ce soir comme tout le monde, comme si de rien n'était, et revenir le lendemain après une bonne nuit de repos... cette pensée était tout à fait irréaliste, alors pensez ! Il est fonctionnaire et respectueux des autres.

Monsieur Louis comme beaucoup a fait naguère son armée au service de son pays, et même s'il n'était pas très vaillant, il l'a fait avec courage et loyauté. Il ne se souciait pas des médailles et des décorations, seuls la loyauté et le respect des autres comptaient à ses yeux...

-Dépêchez-vous ! cria l'un des preneurs d'otages, nous voulons une réponse rapidement, nous voulons la presse française, la radio et la télévision pour passer notre message…

-Le président annonça, l'inspecteur demande que ce soit le Premier ministre qui prenne en charge vos demandes, il faut attendre pour l'instant… Le Premier ministre n'est pas à Paris, il est en région, nous le cherchons. Dans quelques minutes, vont arriver le ministre de l'Intérieur et le ministre des Affaires étrangères, vous pourrez leur faire part ainsi de vos demandes.

L'ambassade était maintenant bloquée par les forces de sécurité et dans cet étau, il fallait attendre…

Monsieur Louis dans son bureau commençait à penser à ce qu'il pourrait essayer humainement, de sorte que tout finirait sans tuerie ou violence. Monsieur Louis, l'armée, il l'a fait comme les autres, mais c'était il y a bien longtemps, et son armée s'était faite... dans le corps des musiciens. Ça n'a aucun rapport avec ce qui se passe en ce moment.

Eh oui, monsieur Louis aime la musique ! il en joue encore en fin de semaine pour se faire plaisir, il sort de son étui, un violon. Monsieur Louis est violon, il a toujours été violon. La flûte est stupide, le tambour bruyant, la guitare classique et le piano, beaucoup trop gros à transporter. « Me voyez-vous transporter un tel instrument chaque fois, enfin ».

Cela lui rappelle quand il jouait dans un quatuor et qu'il suivait ce grand chanteur d'opéra, mort, hélas, aujourd'hui… le pauvre homme. Ils allaient de ville en ville, mais le violon ne nourrit pas son joueur et un soir de réception dans cette ambassade, il avait trouvé cette place, cela faisait longtemps… Alors, il ne faut pas compter sur lui pour prendre un pistolet, un révolver, un fusil ou toute autre arme, et foncer dans le tas, cela serait dangereux et irraisonnable. Il en est bien incapable, il sait qu'il pourrait être utile à quelque chose, mais à quoi et comment ? Il se mit à réfléchir fortement.

-Que puis-je faire… Je dois bien arriver à faire même un petit quelque chose… Ce n'est pas possible, je dois aider ces pauvres gens… Qu'est-ce que je peux bien faire ?

-Ici le ministre de l'Intérieur, je suis accompagné du ministre des Affaires étrangères, nous allons parlementer ensemble, à partir de maintenant. Nous vous parlons au nom du président de la République et du Premier ministre, nous avons entendu vos revendications, nous allons vous donner ce que vous voulez, quelle somme d'argent voulez-vous ?

-Nous ne voulons pas d'argent, seulement parler à la radio et à la télévision Française, et que notre message soit retransmit sur toute la planète…

-Qui êtes-vous ?

-Nous l'avons déjà dit, et n'essayez pas de gagner du temps, dans 30 minutes, nous tuons un otage… A plus tard.

-Attendez, je voudrais voir les deux ambassadeurs, si c'est possible…

-Pourquoi

-Pour voir s'ils vont bien, et nous rassurer…

-Faites venir les deux ambassadeurs vite fait… Messieurs, placez-vous devant la porte d'entrée, et ne faites rien qui puisse vous coûter cher… les voilà, vous êtes content…

-Pouvons-nous leur parler ?

-Qu'avez-vous d'important à leur dire ?

-S'ils vont bien…

-Ils sont debout, cela veut dire qu'ils vont bien... faites-les rentrer de suite. Alors maintenant, suivez nos ordres et pas de temps perdu. A plus tard, je le pense fortement.

Le silence se fit dans l'ambassade. Maintenant, sur l'avenue, les forces de sécurité avaient placé des camions partout même devant l'entrée de l'ambassade.

-Mais que puis-je faire se demande toujours monsieur Louis, il faudrait que j'aie accès au rez-de-chaussée, mais il n'y a pas de passages… La seule chose que je connaisse, c'est l'emplacement des pièces du rez-de-chaussée, et encore, de ce que je me rappelle… il me faudrait un plan…un plan... Les archives de l'ambassade cria-t-il silencieusement comme pour ne pas être entendu par les preneurs d'otages du dessus. Heureux de cette découverte inopinée, lui venant du plus loin de son cerveau… Il se soliloqua joyeusement…

« Elles sont dans les Sous-sols depuis des années, souviens-toi, tu les as vues, voilà plus de 10 ans, dans des cartons noirs à ficelle… je cours les chercher, mon bon Louis, tu es un génie ».

-Il ne reste plus que quelques minutes, rappela le chef du commando après, nous faisons ce que nous avons dit, un otage en moins…

-Attendez, le Premier ministre vient de donner son accord pour que votre message passe à la télévision et à la radio, il se met d'accord avec les chaines. Faites-lui confiance, dans une heure vous pourrez lancer votre message sur les ondes…

-Nous attendons encore une heure, il est 17h45, si à 18h45 nous n'avons pas la possibilité de passer notre message, nous supprimerons le premier otage qui sera une femme…

-Nous faisons tout pour qu'avec le Premier ministre, vous ayez la possibilité de passer votre message, car la vie des otages est bien plus importante que nous, faites-nous confiance, je vous en prie, ne faites pas l'erreur de changer d'avis, à 18h45 et même avant, vous aurez ce que vous voudrez !

Pendant toutes ces belles paroles qu'il n'entend pas, notre monsieur Louis fouille effectivement le sous-sol à la recherche des plans de l'ambassade, qu'il avait vus dans une salle d'archives, qu'il a finalement trouvée. Mais le gros problème est que cette pièce n'a jamais été nettoyée, et notre monsieur Louis fouille fébrilement, méticuleusement et ardemment son carton noir à ficelle, dans tout ce fouillis de dizaines de boîtes en carton noires placées à la hâte, comme dans une décharge. Lui qui est un homme ô combien soigné, réglé comme du papier à musique et très organisé, car il faut le voir ranger ses affaires, ses fournitures sur les étagères en bois, il sait où tout est placé, et en quelques secondes. Il peut tout de suite sortir un bloc-notes à carreaux, une règle graduée, un livre de comptabilité, des feuilles calques ou un ruban pour machine à écrire. Mais là, tout est entassé sans repères, sans étiquette, déraisonnablement sans respect, voilà le mot, respect.

Monsieur Louis se respecte et respecte les autres. Ah, il le dit et la répète souvent aux personnes qu'il croise. « souvenez-vous du grand général qui disait jadis : la chienlit ne passera pas.», donc face à la chienlit, il n'y a qu'un mot respect ! Sacré monsieur Louis, toute une époque. Et là, l'époque est à la fouille, et à la recherche de se fout... carton noir. Car là aussi, monsieur Louis n'accepte pas les mots grossiers, mordicus, qui sont donc ces gens qui pour des riens, jettent des insultes et des jurons à tous les vents, il faut aussi du respect de ce côté-là !

Monsieur Louis, la tête dans les archives ouvre tous les cartons méthodiquement, cherchant les plans.

-Que faisons-nous monsieur le ministre de l'intérieur, si le premier ministre ne donne pas son accord ?

-Je n'en sais rien du tout cher ami, j'espère seulement qu'il ne va pas essayer de gagner du temps. Je n'aimerai pas avoir des morts sur le dos, ma réputation et celle de ma famille sont en jeu !

-La mienne aussi, ma famille ne doit pas être salie par cette sale affaire. D'abord, qui sont ces gens, ce fameux groupe japonais !!!

-YAKATI, c'est un groupe d'anarchistes, qui croient que tout peut se faire dans la gentillesse et le respect, et qui pensent tous que tout le monde leur veut du mal. Mais c'est le contraire, les recherches génétiques faites au Japon, sont des recherches très importantes qui sauvent des milliers de personnes sur la terre, mais surtout coutent des centaines de millions en laboratoires. Alors ces gens qui croient que la planète leur en veut, et qu'ils sont les cobayes de la planète, c'est d'un ridicule grotesque.

-En tout cas, ridicule, grotesque ou autre, j'aimerais que cette affaire se finisse bien, pensez qu'à l'intérieur de ce bâtiment, nous avons deux ambassadeurs, dont l'un est innocent.

-L'autre aussi cher ami, l'un est ambassadeur de Finlande, et l'autre est le nouvel ambassadeur de France au Japon ! Cette histoire doit être menée intelligemment et en douceur, notre réputation est en jeu.

-Nous allons devoir mettre les mains dans la pâte, cher ami, car moi aussi, souhaite plus que tout au monde, que cette sale affaire ne prenne pas une ampleur incontrôlable.

Et que fait pendant ce temps, notre monsieur Louis… Il cherche, ouvre, fouille et finit par trouver ce carton noir, où sont enfermés les plans de l'ambassade.

-Ah, enfin le revoilà… Je savais bien que je l'avais vu dans cet endroit… mais où et dans quelle boite, là, c'était autre chose… Bon maintenant retour au bureau.

Il revint rapidement à son bureau, enleva ses chaussures et remit ses charentaises, car monsieur Louis se sentait mieux dans ses charentaises, de plus il a chaud aux pieds et pour lui c'est le primordial et l'essentiel. Si certains sont Peugeot, Renault ou Citroën, monsieur Louis est charentaise, le confort du pied, la souplesse de la semelle, le silence feutré des pas, le respect du client. Monsieur

Louis est patriote, il est ancienne France, celle qui produisait, celle qui avait de la valeur, celle qui donnait envie d'être. Ce n'est pas forcément nécessaire d'être un fanatique pour être français. Comme il le dit: « Tout cela est absurde, quand je pense à ces gens qui viennent de partout pour se faire entendre, et qu'est ce que cela donne de plus… Rien ». Non, une bonne paire de charentaises le prouve matériellement bien. Et, il est charentaise depuis plus de 30 ans, il travaille charentaise.

Ainsi, il se met au travail confortablement heureux et serein, les doigts de pieds au chaud. Donc, il se met dans cette recherche, chaussant ses lunettes, rapprochant sa lampe électrique d'abat-jour, et commence à apprendre rondement, chaque centimètre du plan.

-Nous avons eu le Premier ministre, il est d'accord pour que vous fassiez votre déclaration à la presse française. Il est 18h15 et vers 19h00 tout sera prêt, cela vous ira dit le ministre de l'Intérieur ?

-Nous aurons la presse nationale et internationale ?

-Vous aurez la presse nationale qui est écoutée à l'étranger, c'est déjà beaucoup.

-Nous voulons la télévision d'autres pays, pour être sûr que notre message sera bien envoyé partout. Il nous faut des télévisions de salon, pour voir si tout cela sera fait, nous attendons. Nous vous donnons une heure pour nous apporter ces télévisions et nous donner l'accord de parler sur les chaines internationales… cela veut dire 19h30 précises, et plus de bla bla, monsieur le ministre…

-Mais ce n'était pas prévu, il nous faut du temps pour tout cela !

-Allez au magasin le plus proche et faites vite venir des télévisions, dans les quelques minutes, dépêchez-vous…A plus tard…

-Mais, où allons-nous cher ami ? Maintenant, ils veulent des télévisions de salon, vous ont-ils demandé parfois la taille des écrans aussi… Je vous le dis, où allons-nous ? répéta le ministre des Affaires étrangères

-Nous allons, monsieur le ministre, en chercher immédiatement, sinon nous courons à la catastrophe et peut-être au massacre de gens innocents. Je préfère passer pour un larbin livreur de télévision, que pour un ministre incapable de sauver des vies sur une toute simple demande. Venez avec moi… Si nous sautons, c'est le Premier ministre qui saute aussi, alors faisons ce que veulent ces gens, et gardons notre place au gouvernement… Je ne fais pas cela pour le Premier ministre, mais pour moi, les sorties de secours en catastrophe c'est pour les autres, vous me comprenez. Si vous voulez rester encore quelques mois, faites comme moi, le larbin…

-Tu es sûr qu'ils feront ce que nous voulons ? demanda l'un des assaillants

-Sûr et certain, ils ne veulent pas que les deux diplomates finissent entre quatre planches en sapin, cela ferait mauvais genre. La réputation de la France mon ami, c'est important pour eux, ils tiennent beaucoup à être bien vu. Tu as bien fait fermer toutes les issues ?

-Oui, les volets sont fermés, les lumières éteintes, les téléphones supprimés, personne ne peut sortir sans notre gentille autorisation armée. Combien de temps allons-nous encore attendre ?

-Ils font durer le jeu, c'est la loi des gouvernements, alors je ne sais pas ! Fais dormir trois gars, pendant ce temps comme c'était prévu, ils prendront la relève de nuit. Où sont les otages ?

-Une partie dans le secrétariat de l'ambassadeur, l'autre dans celui du chef de cabinet, et le troisième dans son bureau.

Chut, des oreilles vous écoutent mauvaises gens, non je n'ai rien dit, parce que ces oreilles sont celles de monsieur Louis, car maintenant, monsieur Louis écoute, scrute, observe, réfléchit, pense, suppute, calcule, recherche et surtout note, que note-t-il ? Les couloirs, les aérations, les tuyaux de chauffage, les passages de tuyauterie allant vers le rez-de-chaussée avec ses plans en mains… Il a même pour son plus grand plaisir retrouvé une petite porte allant au-dessus, et d'anciennes trappes de livraisons des fournitures, qu'il note au moyen de ces nouveaux appareils appelés surligneurs. Brave homme, quelle conscience professionnelle… sûrement un reste de sa période militaire. Il en arrive au final à savoir où sont les otages. Maintenant, il ne lui reste plus qu'aller faire quelque chose. Courage monsieur Louis, et à plus tard !

Un policier :

-Le préfet vient d'arriver monsieur le ministre de l'Intérieur, il veut vous voir avec le chef de la police pour décider de l'intervention armée.

-Quelle intervention armée ? Il est fou, jamais ! Allons-y monsieur le ministre des Affaires étrangères, avec cet imbécile de préfet, nous courrons au massacre à coup sûr.

-Bonjour, monsieur le ministre de l'Intérieur dit le préfet, nous allons donc…

-Vous ne saluez pas le ministre des Affaires étrangères maintenant, quelles sont ces manières monsieur le préfet ? Suis-je devenu transparent ou sans importance pour vous… Je ne suis peut-être pas votre supérieur, mais je suis un diplomate et ministre de ce pays, de ce que j'en sais fortement…

-Excusez-moi monsieur le ministre ! Mes respects monsieur le ministre des Affaires étrangères, je m'en excuse fortement… Mais j'ai sur le dos cette sale affaire, que j'aimerais finir au plus vite… Nous devons faire cesser la plus rapidement cette prise d'otages, J'ai avec moi le patron des forces d'interventions, nous pouvons intervenir immédiatement, monsieur le ministre…

-Jamais ! cria le ministre de l'Intérieur, vous voulez un massacre, vous êtes fou. Je ne tiens pas à avoir sur le dos, la mort d'ambassadeurs, et celle du personnel et invités… Et n'oubliez pas monsieur le préfet, que votre supérieur est face à vous et ce sont ses ordres qui sont à écouter, pas votre conscience mentale, extravagante… Il y a un ministre de l'Intérieur dans ce pays, c'est moi, pas vous…

Son inspecteur arriva et dit

-Monsieur, le Premier ministre finlandais vous demande au téléphone dans votre voiture !

-Voyez monsieur le préfet, l'affaire passe déjà les frontières, alors votre intervention maladive, mettez une croix dessus et attendez. Pour l'instant, voyez avec mon collègue ministre des Affaires étrangères, au sujet des écrans télés... je vous laisse j'ai des personnalités importantes avec qui parler, monsieur le préfet...

Dans la voiture, les portes fermées et seul :

-Monsieur le Premier ministre, vous êtes averti de cette sale affaire dans votre ambassade... je suis l'affaire, à la minute. Je suis informé de tout ce qu'il se passe...

-Et que se passe-t-il ?

-Un petit groupe qui veut des choses pas très importantes, mais qui gêne le bon fonctionnement du rouage...

-Il faut ne pas faire la moindre erreur, cela serait dramatique...

-Oui, monsieur le ministre, je vous comprends totalement... Ne vous inquiétez pas, je suis seconde par seconde tous les faits et gestes aussi bien des ces preneurs d'otages, que des éléments policiers de notre pays...

-Qui est-il ce petit groupe ?

-Un groupe nommé Yakati, c'est un mouvement demandant l'arrêt des, paraît-il, d'essais génétiques sur leur pays... Ils ne sont pas encore trop en colère... Je vais tout faire pour que ne monte pas l'irrémédiable...

-Je vous fais confiance... Voulez-vous que je vienne ?

-Non, aucunement monsieur le Premier ministre. Restez tranquillement chez vous... Moins il y aura de monde et plus cela se finira bien... et puis je suis avec monsieur le ministre des affaires étrangères, qui est un excellent ami. C'est un bon diplomate, il pourra, en cas de blocage, ré-ouvrir le dialogue... j'ai entièrement confiance en lui.

-Je vous laisse avec en main, toute ma confiance monsieur le ministre de l'Intérieur...

-Je vous en remercie monsieur le Premier ministre, et vous verrez, tout va bien se finir… A plus tard au téléphone.

Pendant que le ministre de l'Intérieur parle avec le Premier ministre de Finlande, il y a discussion entre le préfet et le ministre des affaires étrangères.

-Que se passe-t-il demande le préfet ?

-Les preneurs d'otages veulent des écrans télés, pour savoir si leur message sera bien sur toutes les chaines des autres pays.

-Qu'en dit le Premier ministre ?

-Nous n'avons pas encore eu le temps de lui dire, mais nous cherchons les télévisions, nous ne pouvons pas tout faire en même temps, si vous n'êtes pas d'accord, voyez avec le ministre de l'Intérieur, justement, le voilà qui revient…

-Monsieur le ministre, il ne faut pas donner à ces gens ce qu'ils demandent, il faut les faire patienter le plus longtemps possible, inventer n'importe quoi, je ne sais pas…

-Moi non plus je ne sais pas, et je pense sûrement qu'en ce moment personne ne sait. Alors gagner du temps est bien, mais ce sont eux qui ont actuellement le chronomètre en main. Donc pour le moment, donnons-leur les écrans de télé avec tout l'équipement possible, et on verra plus tard. Avec ce cadeau, le chronomètre sera remis à zéro, monsieur le Préfet. Alors, soyez gentil, vous seul à partir de maintenant, allez chercher tout le matériel dans des magasins et apportez leur ce qu'ils veulent et ne discutez pas, merci. Quant à nous, monsieur le ministre des Affaires étrangères, pendant ce temps, allons leur parler et dire que monsieur le préfet revient avec tout le matériel, si cet abruti y arrive. Et c'est avec cet idiot, monsieur le ministre des Affaires étrangères, que vous devriez me dire chichement, « Mais, où allons-nous »…

Son inspecteur arriva :

-Monsieur le ministre, monsieur le président de la République au téléphone, dans la voiture…

-Allons-y…

Dans la voiture , seul.

-Monsieur le Président… Oui… Pour l'instant, tout cela ne se passe pas trop mal, je suis avec le ministre des Affaires étrangères à parlementer et à essayer de calmer les esprits. Je viens d'avoir le Premier ministre de Finlande qui me donne toute sa confiance.

-Très bien c'est un bon point pour vous… Combien de personnes dans l'ambassade ?

-De ce que j'ai entendu par les nombreux témoins et les chauffeurs, une trentaine, peut-être un peu plus, en invités, les membres du personnel et les deux ambassadeurs.

-Combien de preneurs d'otages ?

-Six, peut-être plus, mais pas beaucoup… monsieur le président.

-Comment sont mentalement les preneurs d'otages ?

-La communication peut encore se faire, mais au moindre faux pas, tout sera fermé… comme d'habitude.

-Qui sont-ils, et que veulent-ils ?

-C'est un groupuscule japonais appelé YAKATI, de petits malfrats en manque de reconnaissance. Ils se prennent pour des persécutés, et veulent lancer un message sur toute la planète, pour soi-disant faire arrêter des recherches génétiques sur le peuple japonais.

-Bon, bah faites ce que vous pouvez, mais surtout évitez le sang, dit le Président, un peu perdu dans cette sale affaire… Il en va de notre importance. Cet incident regrettable aurait des conséquences fâcheuses sur nos ambassades et sur la grandeur de la France, je vous fais totalement confiance, à plus tard.

Monsieur Louis vient de trouver une idée, il remet tranquillement ses chaussures, pose ses lunettes sur la table comme s'il allait partir, sort du bureau, mais il n'éteint pas la lumière et part dans les couloirs, tournant à gauche et à droite, et finit par ouvrir une porte donnant accès au local électrique. Ouvrant l'ancienne porte en fer, il actionne le bouton en céramique blanche. Compte tenu de la poussière accumulée, personne n'est entré dans cet endroit depuis longtemps, mais monsieur Louis n'est pas impressionné, il va à l'intérieur et prend une petite échelle en bois ou plutôt, comme on disait il y a longtemps, un escabeau en bois, ressort de la pièce et retourne dans les couloirs, sans oublier d'éteindre la lumière... Mais il va où , au juste ? En tout cas, il est sûr de lui et y va d'un pas franc.

-Nous avons eu la réponse du Premier ministre, c'est d'accord pour les chaines de télés étrangères cria le ministre de l'Intérieur…

-Quelles chaines ? demanda le chef des otages

-Tenez, je vous passe le ministre des Affaires étrangères, il vous en dira plus que moi, et plus clairement…

-Pourquoi moi ?

-Vous êtes le ministre des Affaires étrangères, vous devez connaitre toutes les chaines des pays, débrouillez-vous, faites passer le temps…

-Bonjour je suis Bernard Formati, le ministre des Affaires étrangères, donc, nous vous proposons, les chaînes françaises, Anglaises, Américaines, Japonaises, cela vous ira ?

-Très bien, et quand ?

-Hein !!!

-Il vous demande quand ? Cher ami, reprit le ministre de l'Intérieur

-Je ne sais pas, et vous vous savez quand ?

-J'ai l'impression pour l'instant d'être au 14 juillet ? Il ne manque plus que les pétards…

-Qu'est-ce que je lui réponds alors ?

-Répondez-lui où !

-Où quoi ?

-Où et quand ?

-Pourquoi voulez-vous que je lui dise où et quand (*), si je ne sais pas comment…
*sketch de monsieur Raymond Devos, humoriste (où est Caen)

-Mon cher ministre des Affaires étrangères, je vous aime bien j'ai trouvé avec vous l'ami qu'il ne faut pas perdre… Je vais vous aider… Messieurs, moi et monsieur le ministre des Affaires étrangères, faisons absolument tout pour que votre demande arrive la plus rapidement possible, c'est une question de minutes, de plus monsieur le préfet s'en occupe aussi, il est parti chercher vos télévisions, vous voyez que l'on prend votre demande en considération.

-Nous vous faisons confiance et attendons !

-Vous voyez monsieur le Ministre, il suffit d'être diplomate pour que tout se passe bien.

Dans son sous-sol …

-Bon alors cet escabeau, je vais le placer sous cette grille, je crois qu'elle tombe sous l'aération du hall d'entrée… C'est cela, en voilà une première… l'autre est dans ce petit couloir, et doit tomber dans le secrétariat du chef de cabinet ?

Monsieur Louis, mètre par mètre, prudemment visite les couloirs, scrute les plafonds, recherche les aérations, les ventilations, les anciennes gaines de chauffage, studieusement. Il a une idée derrière la tête, mais cela ne lui paraît pas clair. Là, il pense à quelque chose et commence son travail de puzzle. Il accroche lentement et méticuleusement les morceaux les uns aux autres. Muni des plans du sous-sol, il marque au surligneur, les endroits et espère faire quelque chose de bien.

-Il faudra que je voie à acheter d'autres couleurs, ces petits engins sont d'une efficacité étonnante…
L'inspecteur de police du ministre de l'Intérieur

-Monsieur le ministre, nous avons le Premier ministre au téléphone, dans votre voiture.

Premier Ministre :

-Alors j'ai appris cette prise d'otage, il ne faut pas négocier avec les preneurs, il faut foncer !

-Monsieur le Premier ministre, nous avons ouvert un dialogue, et tout se passe pour le mieux du monde.

-Je ne veux pas savoir, nous perdons du temps, je vous donne 15 minutes, après je donne l'ordre de foncer !

-Ça serait une erreur énorme, il va y avoir des blessées, certainement des morts, et je ne veux pas prendre une telle responsabilité…

-Je vous en donne l'ordre.

-Je ne prendrai jamais cet ordre, je vous donne ma démission tout de suite, ainsi que celle du ministre des Affaires étrangères.

-Messieurs, je n'apprécie pas du tout ces menaces face à moi, je vous demande de faire cesser cette prise d'otages immédiatement, c'est un ordre… Allo… répondez-moi, Allo…

-Allez, allons voir ce qu'il se passe sur le terrain.

-Vous ne croyez pas que nous avons été un peu loin monsieur le ministre de l'Intérieur ?

-Mon cher ami, ce n'est pas ce monsieur qui va me donner des ordres pour tuer des personnes, s'il n'est pas content, qu'il le fasse lui-même. Il ne m'impressionne pas, et puis perdre mon poste face à lui ne me fait pas peur, il n'ira pas jusqu'au bout. Donner des ordres, c'est son truc, les faire n'est pas son courage… Continuons plutôt ce que nous avons commencé. Où est cet abruti de préfet, il les fabrique lui-même ces télés ou quoi… Ce n'est quand même pas difficile d'acheter 2 ou 3 télés, et les rapporter ici. Il ne va pas prendre 5 plombs, pour un travail de dix minutes… Incompétent, c'est le mot, mon pauvre ami, où va-t-on ?

-Ça c'est de moi cher ami, ne me prenez pas mes expressions, sinon où allons-nous ?

Déduction

Et pendant ce temps, dans le sous-sol, une petite souris analyse, pense, et surtout note…

-Bon maintenant les tuyaux de chauffage vont me servir à entendre chacun et chacune pour repérer l'endroit où ils se trouvent. Je vais me servir encore des surligneurs de l'ambassadeur pour faire le cheminement sur les plans, je lui en rachèterai d'autres. S'il demande, je lui dirai que j'ai oublié, tout simplement… C'est vraiment bien ces petits feutres couleurs… Alors ce tuyau de chauffage va bien dans cette direction, et donc monte… mince, j'ai oublié un objet pour mieux écouter les bruits, il me faut un bout de tuyau plastique… Dans le local électrique, j'en ai vu un tout à l'heure, j'y retourne. Qu'est-ce que j'ai besoin d'autres, surtout ne rien oublier pour ne pas perdre inutilement mon temps ? Fil électrique non, perceuse non, cela ferait du bruit... mais si, lucidement la vieille perceuse à main du père Edouard dans son garage, Au fond du jardin !

Quel petit garage ? Ah oui, celle à côté de la petite porte d'entrée que monsieur Louis traverse tous les matins c'est vrai qu'avant, tout le monde passait par cet endroit.il y avait un petit garage pour réparer la voiture de l'ambassadeur, et aussi celles des autres ambassadeurs venant en visite. Ah, c'était le bon temps, un temps innocent où le calme sentait le bonheur et les lendemains étaient joyeux. Maintenant tout cela est fini, et le garage est présentement fermé depuis bien longtemps. Passe le temps et passent les semaines etc, etc etc.

Monsieur Louis avance le long des haies de buis, cachant sa forme pour ne pas se faire repérer par les preneurs d'otages, car les fenêtres du grand salon, en étage, donnent sur le jardin jusqu'aux trois quarts, après une rangée de buis de 3 mètres de haut, cache le garage et la petite porte. Entrant dans ce petit garage, il trouve des merveilles : marteau, pince coupante, scie, clé à molette, tournevis, vilebrequin. Il prend tout et le met dans une sacoche de cuir laissée sur l'établi, et retourne en se faufilant subrepticement jusqu'à la porte secrète menant au sous-sol. Quel homme ce monsieur Louis, il m'épate !

L'inspecteur de police du ministre de l'Intérieur arrive en courant :

-Monsieur le ministre, monsieur le Premier Ministre vous cherche par téléphone de la voiture, il est très en colère…

-Dites lui que nous sommes morts, ca le calmera… d'une diarrhée foudroyante et mal soignée. Dites-lui qu'il y en a partout, c'est horrible et que ça sent très mauvais, surtout qu'il ne vienne pas, il ne le supporterait pas le pauvre homme. Dites-lui que nous n'avons pas souffert et avons pensé à lui dans ces derniers instants.

-Une diarrhée !! Mais c'est horrible monsieur le ministre de l'Intérieur, où allons-nous avec une diarrhée ?

-Pas très loin monsieur le ministre des Affaires étrangères, vraiment pas très loin, je peux vous le certifier en connaissance de cause et surtout dans ce moment-là... Ne riez pas, je vous le dis, ne riez pas, conseil d'ami, sinon cela va être encore pire, je peux vous le certifier.

-Qu'est-ce que je lui dis au Premier ministre, demanda l'inspecteur ?

-Que je le rappelle plus tard, je suis occupé... Tiens, voilà notre préfet adoré.

-Me voilà monsieur le ministre de l'intérieur

-C'est ce que je vois... Où étiez-vous depuis tout ce temps ?

-Dans un magasin d'électroménager, à prendre les télévisions, comme vous me l'aviez demandé.

-Et tout ce temps pour cela ?

-Ben, il fallait quelle taille d'écran, vous ne m'avez rien dit, alors il a fallu choisir, et le choix n'est pas facile.

-Avec vous monsieur le Préfet, c'est un honneur de travailler, et je vais vous dire, le jour où les imbéciles produiront de l'électricité avec vous, on pourra éclairer toute la planète pendant des siècles, vous êtes déjà une lumière pour nous. Merci immensément, monsieur le Préfet, et permettez que je vous embrasse, vous le méritez amplement…

-C'est un grand honneur pour moi monsieur le ministre de l'Intérieur, ça me touche beaucoup, j'en suis très fier. Maintenant, je cours leur porter les télévisions. France que je dois aussi donner l'emballage ?

-Faites comme vous le sentez, avec vous tout est beau monsieur le Préfet…

-Quel idiot, vous avez raison cher ami, moi j'aurai gardé les cartons, il va y en avoir partout dans le salon d'honneur, et comme c'est de la belle moquette épaisse, le polystyrène en bille ne part pas avec un aspirateur…

-Vous aussi, monsieur le ministre des Affaires étrangères, vous êtes beau, et avec vous aussi, je ne suis pas déçu… Quelle belle journée, alléluia !!!

C'est lorsqu'il revint à son sous-sol que Monsieur Louis remarqua que les volets en bois du bureau de l'ambassadeur étaient tirés, mais pas ceux du salon d'honneur qui donnait à côté. Il s'approcha doucement et chercha à voir à travers les rideaux, mais ne pouvait rien reconnaître, avant c'était le bureau de l'ambassadeur, mais maintenant ? Monsieur Louis n'avait pas sa lampe électrique sur lui, il se dit qu'il reviendrait plus tard.

Il retourna au sous-sol et, avec ses plans, chercha les divers postes de chauffage, d'électricité, d'eau et de téléphone de l'ambassade. Il ne devait rien laisser au hasard. Petit à petit, remarquablement le courage revient à monsieur Louis, cette petite aventure militaire n'est pas sans lui faire plaisir et donne même du piment à sa vie solitaire.

Ah oui, nous ne savons toujours pas avec qui vit monsieur Louis ? Eh bien, avec personne,.il est seul, il n'a jamais eu personne, il n'a pas trouvé l'âme sœur... il n'a pas vraiment cherché non plus, il vit seul avec ses deux chats, Moumousse et Ernest dans sa petite maison, disons dans son petit pavillon de banlieue, qu'il a reçu en héritage de ses parents. Il y est né et ne l'a jamais quittée, il n'a pas de famille propre, seule une sœur qui vit avec sa famille à Nemours, mais ils ne se voient guère, le vieux garçon n'aime pas recevoir chez lui, ça fait du bruit et ça dérange ses habitudes, et affolent ses deux chats qui sont perturbés…

Monsieur Louis se prend de courage et de vigueur, il se détache de son petit train-train, et il est heureux, fier et content. Il redevient humain, vigoureux. Ah, il en a encore dans le ventre et il va le montrer.

Adjoint de police :

-Monsieur le ministre de l'Iintérieur, le préfet a livré et fait installer tout le matériel, tout est en place, le chef de la police demande s'il peut passer à l'action pendant qu'il est encore temps.

-Non, je l'ai déjà dit aucune intervention ne se fera, je ne veux pas avoir de blessées, ni de morts. Nous allons donner à ces gens ce qu'ils demandent, un point c'est tout. Nous venons de leur donner les télévisions, ils vont avoir confiance et tout le reste va bien se passer…

Dans quelques jours, plus personne ne se souviendra de ce qu'ils auront dit, et ils auront quitté l'ambassade sans violence… C'est tout ce que je veux !

-Mais le Premier ministre a dit…

-Le Premier ministre officieusement, et entre nous, je l'emmerde, ce peigne fion sans importance, commence franchement à me donner de l'urticaire purulent. Ce monsieur, même s'il est le fils d'un ancien ministre, n'est rien qu'un crétin vaniteux, il pue la connerie de tous les côtés. Alors votre Premier ministre, qu'il aille prendre une douche à l'eau de javel, et qu'il ne nous emmerde pas.

-Qu'est-ce que je lui dis alors ?

-Maintenant officiellement, entre tout le monde, vous dites, que nous nous informons de ce qu'il dit, et que nous allons prendre une décision allant dans son sens, mais que pour l'instant, la nuit s'approchant, nous réfléchissons. Vous pouvez disposer cher monsieur et retourner silencieusement, car vous n'avez rien entendu… Ah, je voulais vous demander pour être plus sûr… Connaissez-vous la Guyane ?

-J'ai entendu parler, il paraît que c'est très beau…

-Et connaissez-vous un sport appelé le curling ?

-Oui, vaguement. C'est un sport qui se pratique sur la glace…

-En fait, c'est le futur sport que vous allez faire... Je vous explique, vous allez gentiment partir en Guyane en voyage à vos frais, et balayer la piste de placement entre le hangar et la piste de décollage, avec un petit balai pour y enlever les escargots et autres insectes, qui empêcheraient la fusée d'être placée comme il faut, sur son poste de tir… Cela s'appelle le curling à la Française. Vous m'avez bien compris, j'espère… bonne soirée cher ami… et bonjour chez-vous.

-Voilà de belles paroles monsieur le ministre de l'Intérieur, cela rehausse votre grandeur ? Ce que j'ai entendu avant n'était pas de vous, dites-le-moi… Seul « le malin » pouvait avoir pris un ton si méchant, envers un homme si bon que notre Premier ministre.

-Tout à fait cher ami, tout à fait, le bouffon qu'il est, ne peut faire sortir de ma bouche que de mauvaises paroles en accord avec le plaisir de l'entendre parler et penser. Jamais au grand jamais, le ministre de l'Intérieur que je suis, n'oserait profaner un homme si intelligent. Seul comme vous le dites si bien « le malin », « Être », fait de méchanceté cachée et malsaine, aurait le courage de faire une telle chose, de dire de telles paroles méchantes... Bouh, je réfute cet être malsain ! Bouh qu'il aille au diable, et emmène l'autre benêt de Premier ministre !!! Mais mon cher, c'est un sot, un bourrin, un canasson, une mule de premier choix, un singe en hiver. Il se prend pour qui ce clown de compétition. Le jour où l'on fera les jeux Olympiques de la stupiderie, ce ne sont pas des médailles qu'on va lui accrocher au cou, ce sera des lingots... La France sera riche, et si en plus il fait équipe avec le préfet, la Banque de France ne suffira pas à engranger tout l'or que ces deux ballots vont nous rapporter. Non, mais j'ai du respect pour ces deux hommes, monsieur le ministre des Affaires étrangères, je vous le dis tout de blanc, j'ai autant de respect pour eux que j'en ai pour vous.

-Merci monsieur le ministre de l'Intérieur, je savais qu'au fond de vous, l'homme et l'ami que vous êtes est fait de respect et de grandeur d'âme, cela me touche profondément, je vous en remercie pour eux et pour moi, monsieur le ministre et ami.

Une voix au loin :

-Attention, nous vous donnons dix minutes pour sortir de l'ambassade les armes sur le sol.

-Qui a dit cela ?

-L'on dirait la voix du préfet…

-Mais ce n'est pas vrai, c'est le cirque Pinder en ce moment, j'ai l'impression d'être dans un diner de cons … Donnez-moi vite un porte-voix… N'écoutez pas ce que dit le préfet, je suis le ministre de l'Intérieur, et je vous ordonne de rester à l'intérieur.

-Moi, j'ai l'ordre du Premier ministre, alors dehors crie le préfet...

-Moi, je me fous de l'autre abruti, restez à l'intérieur.

Dans l'Ambassade :

-Hé Adrien, l'on fait quoi ? Il y en a un qui nous dit de sortir et l'autre de rentrer ! C'est qui le plus gradé ?

-Le ministre d'après moi !

-Alors, on écoute le ministre, et l'on reste à l'intérieur, dis-leur...

-Nous vous remercions de prendre soin de nous, mais la hiérarchie impose l'écoute, et dans cette hiérarchie, passe avant tout par le ministre de l'intérieur, alors nous l'écoutons et nous restons à l'intérieur... Merci monsieur le Ministre.

-Qu'est-ce que je fais alors ? demanda le préfet

-Retournes chez ta mère lui cria le ministre de l'intérieur passablement énervé.

-Sa mère est morte voilà dix ans, monsieur le Ministre, j'étais à son enterrement, il lui est impossible de retourner chez elle, comment ferait-il pour manger avec ?

Regardant le ministre des Affaires étrangères, il lui dit

-Dieu en son sein recevra même les sots, ce sera difficile, mais il le fera… gloire à lui…

Et toujours dans son sous-sol :

-Normalement à cet endroit, je dois être sous le salon d'honneur, là quelque part il y a… Ah ! La voilà, la trappe qui s'ouvre vers le haut. C'était le coffre d'arrivée des fournitures. Elle ne devrait pas être bloquée, mais juste un peu coincé par le temps, je vais essayer tout doucement de la débloquer, le plus silencieusement possible.

-Les télévisions fonctionnent ?

-Oui, maintenant il ne reste plus qu'à attendre l'autorisation pour que notre revendication soit filmée, que font-ils ?

-J'ai l'impression qu'il y a mésentente entre le ministre et le préfet.

-Mais le préfet parle au nom du Premier ministre, et normalement c'est lui le chef du gouvernement, les autres doivent l'écouter.

-Nous ne sommes pas dans les hautes sphères de l'état, et tu sais comme moi, en France ca a toujours été le bordel.

-Alors notre demande, qui s'en occupe ? Le Premier ministre, le ministre de l'Intérieur, le ministre des Affaires étrangères ou le préfet ? Il faudrait peut-être leur demander …

-Pas bête, je le fais ! Allo, oui nous sommes les preneurs d'otages, nous voudrions savoir seulement, qui dans cette histoire s'occupe de notre dossier, nous sommes un peu perdus…

-Ici le chef de la police, nous sommes comme vous, les ordres arrivent de partout et rien n'est clair, nous vous rappelons quand nous aurons compris.

-Si vous pouviez nous apporter quelques petites choses à manger, le buffet n'était pas rempli entièrement, et nous sommes nombreux merci, et à plus tard cher ami.

-Alors ? demande un des preneurs d'otages, au chef :

-Lui non plus ne sais pas d'où viennent les ordres, il attend comme nous…

-Et ça va durer longtemps ?

-Alors là, tu peux aller te coucher, rien ne se fera avant demain midi et encore !

-Faites préparer des repas comme demandé, par les preneurs d'otages, et pas de mauvais coups, ni d'entourloupes… Je veux du normal et sérieux…je vous donne une heure pour cela.

-Il me faudrait quelque chose pour soulever la trappe, normalement elle bascule vers l'arrière, mais depuis le temps… de l'huile, il me faut du dégrippant… Je n'y ai pas pensé tout à l'heure, il y en a dans le petit garage, j'y retourne.

La contre-attaque

Et monsieur Louis descendant de son escabeau prudemment reprend sagement les couloirs, puis va tranquillement, vers le garage, prendre les burettes d'huile et de dégrippant.

-Voilà les burettes, il avait pris des précautions le garagiste de ce temps, il y en a plein, et aussi une caisse de chiffons. Il me faut des chiffons et des lunettes contre les coulures sur le visage, tiens, il y a une blouse, je vais la prendre, l'on ne sait jamais… maintenant où sont ses lunettes, les voilà dans son bureau. Je vérifie si j'ai tout… normalement oui, je retourne ouvrir ma trappe, mais si… il me faut un tournevis ou un pied de biche pour soulever la trappe, il en avait un avec ses marteaux dans son établi, le voilà son « ouvre tout » comme il disait… cela lui servait à ouvrir les fenêtres en hiver quand elles étaient gelées. Merci « père

Edouard », vous ne saviez pas que votre matériel servirait plusieurs années après pour sauver des personnes… Allez, je retourne essayer d'ouvrir les trappes. Je retourne à l'attaque…

Au téléphone, dans une voiture de police

-Monsieur le Premier ministre, qu'est-ce que je dois faire, si à chaque fois monsieur le ministre de l'Intérieur donne un ordre contraire, interroge le préfet ?

-Ne l'écoutez pas, les ordres viennent de moi et de personne d'autre, faites ce que je vous dis…

-Il faudrait peut-être l'appeler, et lui dire de vive voix ?

-Je n'arrive plus à l'avoir au téléphone, mais je m'en occupe, vous, foncez !

Le préfet

-Vous, venez avec moi, nous passons à l'attaque, ordre du Premier ministre, donnez-moi un porte-voix : Messieurs les preneurs d'otages, je suis le préfet de police, je vous donne cinq minutes pour sortir gentiment, ou nous attaquons le bâtiment...

Le ministre des Affaires étrangères :

-Cher ami, il recommence comme tout à l'heure...

-Mais ce n'est pas vrai, le singe se remet en marche, ce n'est pas une pile qu'il a dans le cul, c'est une batterie atomique, il tourne toujours... Vite le porte-voix : J'ordonne à la police et à la gendarmerie de ne pas intervenir sans mon ordre, je suis le ministre de l'Intérieur, vous devez m'écouter.

-Moi, j'ai l'ordre du Premier ministre ! Soyons sérieux, entendons-nous, je suis le préfet, il vient de me dire de ne pas vous écouter, alors je ne vous écoute pas, mais si maintenant vous m'enlevez les hommes pour mon attaque, je ne peux plus attaquer, je ne vais pas le faire seul comme même...

-Pourquoi pas, faites-vous respecter mon vieux... Montrez que vous êtes un Rambo des attaques terroristes et des preneurs d'otages, vous allez mourir en héros, je vous le promets, je placerai moi-même une médaille sur votre cercueil, votre femme sera très fière de vous.

-Mais je ne veux pas mourir, ce n'est pas mon travail…

-Alors laissez-moi faire et rentrez-vous reposer. Ah si ! dites-moi cher ami, où en sont les moyens de presse que l'on doit donner aux preneurs d'otages ?

-Le Premier ministre ne m'en a pas parlé au téléphone…

-Rappelez-le, et demandez-lui ce qu'il compte faire ? A plus tard !!!

-Vous avez été formidable monsieur le ministre de l'Intérieur, puissant, fort, autoritaire, clair dans le phrasé, même impressionnant, vous feriez un bon ministre de la culture ou de l'Éducation nationale, pensez-y pour plus tard !!!

-Ça y est, j'y suis presque, j'arrive à soulever le couvercle, encore quelques secondes…voilà c'est fait. Où suis-je ?

Monsieur Louis prit sa lampe électrique et très lentement éclaira le lieu. C'est bien le conduit dont on se servait autrefois pour faire venir les fournitures et sortir le matériel du salon d'honneur. Alors, je referme potentiellement celui-ci et je vais chercher minutieusement les autres, il y en a un dans le hall d'entrée et l'autre qui arrive dans le petit couloir menant à l'escalier , qui monte au premier étage. Alors, je continue , ce dont je me souviens peu à peu de ce couloir sur ma gauche et à l'angle, je prends sur la droite pour la trappe du hall, et à gauche pour la trappe du couloir.

Allez monsieur Louis, vous êtes sur la bonne voie, continuez, nous comptons sur vous.

-Monsieur le Ministre, j'ai le président en ligne dans la voiture, dit son inspecteur de police.

-Oui, monsieur le Président…

-Alors que donnent les pourparlers avec les preneurs d'otages ?

-De ce côté, tout va pour le mieux du monde, ils sont d'accord avec moi, et ils ont reçu les télévisions, il ne manque plus que la presse pour qu'ils fassent leurs discours, et dans quelques heures tout sera fini le mieux du monde.

-J'en suis très heureux, sinon pour le préfet ?

-Il est d'accord avec moi, c'est un excellent préfet, monsieur le Président ! Quand celui que je n'ose vous décrire, ne lui souffle pas dans les poumons pour lui faire, faire ou dire des idioties. Le préfet et moi discutons par porte-voix à distance… C'est le téléphone à l'ancienne… mais une petite remontée de bretelle ne lui fait pas de mal, et il finit par le faire rentrer exemplairement dans le rang…

-Bon si tout va bien, rappelez- moi quand tout sera fini, je vous félicite monsieur le ministre.

-Je vous remercie et ne manquerais pas de vous rappeler, monsieur le Président.

-A plus tard !

-A plus tard monsieur le Président !

Se retournant vers le ministre des Affaires étrangères

-Il n'a pas été averti par ce bouffon de premier ministre, je vous l'avais dit, c'est un fanfaron, il n'a pas de courage, son père était pareil, d'une petitesse effroyable. Je vais appeler ma secrétaire et lui demander de me faire appeler le président de la télévision.

-Louise, appelez-moi le président de la télévision et dites-lui de me rappeler sur mon téléphone voiture, c'est très, très urgent, j'attends !

-Mais peut-être que le Premier ministre l'a déjà fait ?

-Ce clown est incapable de quoi que ce soit, même quand il pisse, c'est son valet qui lui tient son morceau de peau morte. Mon cher, l'argent ne fait pas tout. Et d'avoir pris cet abruti parce qu'il est le fils d'un crétin, n'apportera rien au pays. Faites-moi confiance, nous allons gagner ce combat, j'en fais mon honneur… Ah, le téléphone sonne, ce doit être le président de la télévision… Allo ! oui cher ami, j'ai besoin de vous tout de suite, urgez, je vous attends dans 15 minutes rue Léopold Levert, je vous attendrai seul …à tout de suite ! Lui au moins est efficace, et nous allons nous en sortir.

-Monsieur le Premier ministre, il faut faire quelque chose dit au téléphone le préfet, je suis pris en tenaille entre vous et le ministre de l'Intérieur, lui prend des décisions et vous aussi, et ce ne sont pas les mêmes, je fais quoi ?

-Tiens voilà l'autre trappe, elle donne normalement dans le hall d'accueil de l'ambassade… Je vais tenter de l'ouvrir, calmement sans faire le moindre bruit qui pourrait stopper toutes les avancées faites… consciencieusement, et très délicatement, monsieur Louis, creuse dans le plafond, et trouve son bonheur… Encore un petit effort, voilà elle s'ouvre. Tiens… il y a un placard ? Je ne suis pas dans le hall de l'ambassade ? Je referme le tout et je vais chercher la troisième sortie, celle du couloir.

Monsieur Louis descendit calmement de son escabeau un peu étonné et partit avec son escabeau sur l'épaule, puis se dirige vers la dernière trappe celle du couloir. La voilà, celle-ci était pour les réparations de chauffage et le matériel pour les secrétariats, elle était plus petite, mais je me rappelle qu'un homme pouvait passer par ce passage... Il se remit à sa recherche, se plaçant méthodiquement avec son escabeau en bois, sous la trappe, monta les quatre marches, et d'abord écouta.

-Je n'entends aucun bruit, je me rappelle que c'est bien le bon endroit pour les fournitures des secrétaires... Mais oui bien sûr plus de doute... Allez, au travail...

Peu à peu, monsieur Louis dévisse et place dans sa poche, ce qu'il récupère...

-Alors, je soulève lentement la trappe, voilà c'est ouvert, le passage donne toujours dans le couloir de l'escalier formidable. Donc, le précédent ne donne plus dans le hall d'accueil, il a été muré et doit donner maintenant dans le secrétariat ! Je note tout cela.

Monsieur Louis avait réussi à retrouver toutes les trappes de l'endroit. Une très grande étape avait été menée, mais il fallait savoir où étaient les personnes retenues, et surtout que faire ?

L'inspecteur de police du ministre de l'Intérieur :

-Monsieur le ministre, j'ai le président des chaines de télévision française, est arrivé.

-Allons-y... Cher ami, je vous remercie de votre présence rapide... je pense que vous êtes averti de ce qu'il se passe ici.

-Tout à fait, justement, que faut-il faire pour les images, devons-nous les passer en direct ou attendre ?

-Passez par-derrière l'Ambassade, tout est bloqué devant... A plus cher ami, je vous donnerai les explications de face...

Un policier :

-Monsieur le ministre, nous avons les repas... Que faut-il faire ?

-Je m'en occupe, allons-y, je vous suis… je vais les avertir, ils auront confiance... Il n'y a rien de frelaté dans tout ces repas ?

-Je n'en sais rien monsieur le Ministre, j'ai vu que c'était un traiteur qui les livrait…

-C'est un mieux pour tous…   Allons-y ensembles, et pas de gestes mal placés…

-Oui, nous avons dû faire cela en urgence… Nous les apportons de suite ?

-Attendez, je vais les avertir avant, qu'ils ne pensent pas au pire… donnez-moi un porte-voix… Ici, le ministre de l'Intérieur, nous avons ce que vous nous avez demandé, un repas pour chaque personne avec des boissons…

-Pour les boissons, ce n'est pas utile, il y a largement de trop… C'est seulement au niveau manger…

-Nous, enfin je vous fais entrer cela et placer devant l'escalier. Il n'y a aucune embrouille, je ne tiens absolument pas à ce que cela finisse en carnage… Faites-moi confiance totalement, je suis une personne de paroles…

-Je vous crois monsieur le Ministre, il en est de votre honneur et de la réputation de ce pays…

-Messieurs, ce sont les repas que vous avez demandés ?

-Où en sont les demandes que nous avons faites ?

-C'est plus long que l'on pouvait le penser, il y a des décalages horaires, et il faut tout placer comme il le faut. Mais je parlemente avec les différends pays… Comment vont les otages ?

-Ils ne se plaignent pas d'après ce que vous entendez, ou plutôt ce que vous n'entendez pas, cela veut dire que tout va bien… Autre chose à leur dire…

-Je vous fais confiance pour leur vie.

-Ne vous inquiétez pas, je prends soin d'eux comme de moi… Ils vont bien manger et après feront un gros dodo… Si vous voulez, je leur chanterais une petite berceuse.

-N'allez pas trop loin avec ma gentillesse, je ne suis pas votre ami…

-En ce moment moi non plus monsieur le Ministre, mais nous avons un certain respect qui nous engage face aux personnes qui dorment chez moi ce soir… et qui sont mes invités, je vous le rappelle…

La nuit était tombée, et à ce moment-là, comme depuis des années, monsieur Louis, posa ses lunettes sur son bureau, recula sa chaise, enleva ses charentaises, a mis ses belles chaussures en cuir ciré, a pris sa sacoche avec en elle son repas restant, et repartit par la route, reprenant son bus et son train habituel, il rentrait dans son pavillon de banlieue. Cela depuis longtemps… Mais ce soir-là était un soir différent, monsieur Louis ne pouvait rentrer chez lui et laisser ces gens prisonniers, il sait qu'il faut faire quelque chose, il ne sait pas comment le faire.

-Je n'ai toujours pas trouvé ce que je dois faire… Je ne suis pas un de ces policiers dans les films qui prennent des pistolets en Pan Pan, tue tout un chacun sans avoir peur et sans prendre une balle… le violon n'est aucunement une arme de guerre… Je n'ai jamais touché un fusil, même dans les foires à dix francs, c'est pour dire… Je n'ai plus 20 ans, et le courage et moi, cela fait trois… Quoi faire ? Là est la question… Bon d'accord, je me suis lancé dans les recherches des différentes issues de cette ambassade, mais et après… Je ne vais tout de même pas sortir dans la salle et leur dire « messieurs veuillez laisser ces braves gens rentrer chez eux, cela suffit »… Il y a quelque chose à faire mais quoi ? Je ne peux ce soir partir normalement et laisser tout cela se faire… C'est décidé, je reste et je vais chercher… Bon pour chercher, il faut se reposer le mental totalement, et faire autre chose… Je peux dormir ici, mais il me faut un repas qui soit plus sérieux que ce qu'il me reste… Mon Bougnat, j'y vais…

Alors, il s'habille et sort de son sous-sol en faisant très attention à ne pas être vu, traverse le jardin, ouvre cette petite porte de fer, qu'à peine deux jours avant, il avait huilée comme un pressentiment. Il regarde de tous les côtés avant de sortir totalement, et ne voyant pas âmes qui vivent, sort complètement, et rapidement, se rend à son restaurant, qui pour la première fois de sa vie changera ses habitudes de vieux solitaire. Il se rend au café restaurant « le bougnat » à quelques minutes de l'Ambassade dans une petite rue lointaine où il sait que personne de l'Ambassade ne viendra.

À cette heure-là, cette partie de la ville est déserte, il n'y traine que des chats, et un silence à faire peur à un mort. Parfois le midi, il va manger là pour se faire plaisir, pour se détendre dans le plus grand secret, une fois par mois depuis des années. Il fait toujours attention que personne ne le voit sortir. Avec le temps, monsieur Louis connaît toutes les ficelles de cet endroit… Mais la nuit, une rencontre imprévue, c'est toujours possible…

-Tiens !!! Monsieur Louis, qu'est-ce que vous faites là ce soir, l'on ne vous voit jamais, s'étonna Pierre, le patron du restaurant ?

-J'avais envie de changer mes habitudes, et en plus, j'ai un travail urgent pour monsieur l'Ambassadeur. Il m'a demandé de finir plus tard… Alors pour me reposer de ce dur travail, j'ai décidé de prendre un moment de détente et de venir le passer chez vous…

-Tenez mettez vous là-bas, je vous prépare quoi ? J'ai en plat principal, petit salé aux lentilles et tripes fraiches avec purée-maison.

-Je vais prendre tripes fraîches, cela va me changer totalement, Maman m'en fait de temps en temps, quand je suis en congés, chose que je n'aime pas, les congés font perdre du temps et désorganise tout le monde… Mais c'est parfois monsieur l'Ambassadeur qui me l'ordonne, et je ne peux refuser… Ce soir, c'est pour le travail, demain il me dira de rester chez moi… Que voulez-vous, il faut obéir, il est Ambassadeur, ne l'oublions pas…

-Exact… Je vous apporte tout cela, accompagné d'un quart de vin rouge ?

-Oui, rapidement, monsieur l'Ambassadeur a besoin de moi ce soir, c'est exceptionnel, je ne peux pas refuser c'est un monsieur et je ne peu lui refuser c'est presque devenu un ami… Puis, pour une fois, je ne vais pas faire le stupide, j'ai averti, maman, qu'elle ne s'inquiète pas, je dormirai sur place, elle est sécurisée…

-Vous êtes une bonne personne monsieur Louis, votre maman a de la chance de vous avoir encore avec elle… Je vous prépare cela rapidement, vous êtes quelqu'un de bien toujours prêt à rendre service… Monsieur l'Ambassadeur va perdre un élément précieux, quand vous allez partir de l'ambassade.

-Chut ne dites rien, je ne voudrai pas que l'on sache que je travaille pour l'ambassadeur ce soir, je suis ici incognito, d'accord ! Et pour ce départ, ce n'est pas encore demain, mais je m'y prépare peu à peu… j'ai encore le temps, je préfère ne pas y penser tout de suite…

-Compris, monsieur Louis… Comme d'habitude… je vous donne une petite tranche de terrine de campagne avant, le temps que le plat chauffe, voilà votre pain et le quart de vin, mangez bien.

-Ah, vous voilà monsieur Legall, trouvons un endroit tranquille pour discuter…

Ils marchèrent tranquillement

-Je connais le quartier, il y a un petit restaurant simple qui ferme tard le soir, je vous y invite monsieur le ministre…

-Bon, vous savez pourquoi je vous ai fait venir, cette prise d'otages doit se finir rapidement et sans violence, j'ai le Premier ministre qui comme tout à son habitude se prend pour un grand seigneur et veux attaquer. Moi je suis pour donner aux preneurs d'otages, ce qu'ils veulent et qu'ils partent le plus vite possible. Ils veulent parler à la télé, ils parleront à la télévision ! Ils veulent tous les pays… ils auront tous les pays. Quand pouvons-nous leur donner tout cela ?

-Il faut l'accord des autres pays, pas avant deux jours.

-Pourquoi pas dans un mois pendant que l'on y est…Vous pensez que je vais garder ces cocos sur le dos pendant deux jours à cueillir des pâquerettes… Une heure… je vous donne une heure immédiatement ! Alors pendant que vous mangez, vous appelez vos collègues, et vous ne faite que cela…

-Il me faut mon ordinateur.

-Pourquoi il parle ?

-Pour les numéros de téléphone internationaux des chaines !

-J'appelle ma secrétaire, attendez ! Louise, trouvez-moi tout de suite le numéro de téléphone de… quelles télévisions ?

-Je ne sais pas, vous en savez plus que moi dans cette affaire…

-Alors Londres « BBC », New-York « CNN et le Japon « NHK » ! Rappelez-moi dès que vous avez cela. Bon dans cette ambassade, j'ai pour l'instant deux ambassadeurs en otages, l'Ambassadeur de Finlande officiel, et celui du Japon, un Français qui n'est pas encore ambassadeur, mais qui va le devenir, s'il reste vivant et qui me pose déjà des problèmes, quatre secrétaires, et une trentaine d'invité, cela vous suffit…

-J'ai compris, je vais pousser et forcer le plus possible pour que cela se fasse dans la demi-heure.

-Téléphone… Voilà ma secrétaire qui rappelle… Oui, Louise, je note Londres d'accord, New York idem, Tokyo c'est noté. Ce soir Louise vous restez au bureau, faites vous livrer tout le manger que vous voulez et trouvez-moi une secrétaire démerde pour vous seconder. Envoyez un chauffeur la chercher, si elle est chez elle. Je vous rappelle dans 15 minutes, à plus… Tenez, monsieur le Président, voilà tous les téléphones des chaines étrangères… Ma secrétaire en un pur diamant et un chien renifleur pour toutes les recherches rapides… Une fille rare et précieuse…

-Mon téléphone n'est pas international ?

-Le mien y est, prenez le, allez y !!! C'est de la part du contribuable et sur ordre du président… de la République.

Pendant que le président Legall téléphone, ils s'approchent lentement, attendant qu'il ait fini de donner ses ordres loin de tous, et arrivent au restaurant.

-Vous avez réussi à avoir tout le monde, des chaines voulues ?

-Oui, l'international sera prêt dans pas longtemps, il y a le décalage horaire qui joue, mais tout va bientôt être en place pour cette sale d'affaire... et tout se fera vers 22H00, heure Française, normalement.

Arrivés au restaurant :

-Deux places calmes et séparées de tous, nous sommes « importants »...

-Mettez-vous à cette table, je vous apporte la carte, messieurs.

-Non pas le temps, qu'avez-vous de rapide ?

-En plat principal, Petit salé aux lentilles ou tripes fraiches avec purée-maison

-Pour moi petit salé, et vous ?

-Pareil !

Le téléphone sonna.. Yes, Mister Ducan… Here, mister Legall French 101resident TV… Ok… Thank you… Good bye…See you later !

-Une entrée avant ! J'ai, Pâté de tête ou terrine de campagne ?

-Tiens, pour moi terrine campagne et vous ?

-Pâté de tête, je vous dirai pourquoi… Rapidement dit le ministre, avec une bouteille de vin rouge, du bon, un bordeaux château… Grand cru. Comment se passent vos appels ?

-Bien… je viens d'avoir Londres, ils sont d'accord, j'attends les autres… cela va être un peu plus long.

-Messieurs voilà vos entrées, bon appétit, je vous ai mis un Bordeaux, c'est un château Laffitte premier grand cru… Et voilà le pain…

-Très bien merci, jeune homme de bonne famille…

-Alors cette sale affaire ?

-J'aurais préféré dormir chez moi, mais le futur ne le voulait pas…

Hé messieurs, vous n'êtes pas seul, une petite souris appelée monsieur Louis est assise près de vous, et vous écoute attentivement.

-Vous avez fini votre entrée monsieur Louis, je vous apporte votre plat…

-Tout à fait ! Cette terrine est toujours aussi délicieuse, maman adorerait…

-Merci pour mon restaurant… Tenez, votre plat : Tripes avec purée-maison… Bon appétit… je vous apporte du pain…

Pendant ce temps de son côté, le président des chaines, monsieur Legall, appela les autres pays, et les força à passer les revendications le plus rapidement possible.

-La vie de plusieurs diplomates est en jeu, ainsi que de plus de trente personnes, ce qui sera dit sur vos chaines sera oublié demain sur toute la planète. En France, nous sommes d'accord pour passer ce message dans quelques minutes. Il est en France actuellement presque 20h00. Alors, vous êtes d'accord ?

Les trois pays se mirent en accord pour un message en direct à l'heure voulue par la France. Cela voulait dire 22 heures…

-Deux heures, se dit monsieur Louis, j'ai très largement le temps de faire quelque chose, mais a-t-on vraiment besoin de moi, si le ministre leur accorde ce qu'ils veulent ?

Voyant son plat, Monsieur Louis a promis de tout terminer. Il continuait discrètement à écouter la conversation, car caché derrière le mur du fond de salle et de dos, d'abord personne ne pouvait le reconnaître, mais surtout le voir. Cette voix, il l'avait reconnue, celle du ministre de l'Intérieur, il l'avait vu jeune fonctionnaire venir une fois à l'ambassade en compagnie d'un autre ambassadeur. Monsieur Louis était alors dans le bureau de l'ancien ambassadeur, et apportait des documents administratifs pour signature…

-Tenez messieurs vos plats, attention les assiettes sont très chaudes, je vous apporte du pain, bon appétit !

-Merci... Très bien, ce petit restaurant ! Ah, je voulais vous dire, entre le Premier ministre et moi, il y a total désaccord et le préfet le suit, mais le président est avec moi, vous comprenez !

-Oh là, terrain miné de tous les côtés, danger absolu. Et qui gagne pour l'instant ?

-Moi par autorité, mais il faut se méfier du préfet, un faux cul de première...

-Je le connais par rapport aux grèves que j'ai eu, ce n'est pas une lumière !

-Non, c'est plutôt une lampe électrique des années 1950, elle éclaire faiblement, et ne dure pas longtemps...Comment, trouvez-vous le plat ?

-Si ma femme cuisinait aussi bien, je mangerais plus souvent à la maison.

-Attendez téléphone, c'est l'Elysée… Oui, monsieur le Président… j'ai le président des chaînes françaises face à moi, lui est tout à fait d'accord pour la France, et il a eu les chaines Anglaises, une chaine américaine et une Japonaise, avec accord total. Nous leur donnerons tout ce qu'ils veulent pendant le temps qu'ils veulent. Moi ce que je veux c'est que personne ne soit blessé ou tué, cela serait une catastrophe… Le temps de parole ne compte pas, même s'ils veulent parler trois heures, ils auront trois heures. Cela nous donnera le temps de les mettre en confiance… mais je pense fortement que dans deux heures, tout sera fini… disons minuit grand maximum, d'accord je vous rappelle en cas de problèmes, comptez sur moi monsieur le Président, à plus tard !!! Bon et bien cela continue, excusez-moi ma secrétaire… Louise ! Vous avez une collègue pour la nuit, c'est qui ? Valérie !!! Quel service… chef de cabinet… très bien, elle est sérieuse. Vous notez vos présences sur une feuille dans l'immédiat, j'enverrai au bureau du personnel pour votre dossier, demain après midi ! J'ai réussi avec le président des chaines, à avoir l'antenne sur les autres pays. De votre côté, essayez d'avoir des télés pour suivre le tout, au cas où…. Voyez avec le gardien ou les gardiens des bâtiments pour les écrans…

-Votre femme a appelé, je lui ai dit pour la prise d'otages !

-Très bien, merci… Attendez, je pense que les preneurs d'otages vont vouloir une ou deux voitures pour repartir, non officielle. Faites-les préparer et apporter par des chauffeurs, ils les déposent rue Léopold Levert, en arrivant ils me demandent… à plus tard ! Maintenant, un peu de repos avant l'heure fatidique. Je vais nourrir d'abord la bête et repartir au combat. Bon appétit cher ami, vous aller en avoir besoin, car je vous ai parlé d'un ami proche, au tout début, un certain préfet, un ami…

-Bon aller, je dois y aller, j'ai trouvé à quoi je vais servir pendant cette prise d'otages.

-Un petit dessert monsieur Louis ?

-Non, c'est déjà de trop, mais chut, l'addition très discrètement !

Monsieur Louis prit des précautions, il ne voulait pas être reconnu par le ministre, mais comment sortir ? Il appela discrètement le patron, et lui dit

-Je connais les deux personnes derrière moi, je ne veux pas qu'ils me voient. Mettez-vous en face, et en sortant je ne vous regarderai pas, mais je vous dirais juste au revoir monsieur seulement, d'accord !

-D'accord !

Monsieur Louis se leva tournant le dos aux deux personnages.

-Au revoir !

-Au revoir monsieur, et à la prochaine fois !

Les deux hommes ne purent voir son visage, il rentra rapidement dans son sous-sol, prépara son escabeau et ses lampes électriques, puis il attendit.

-Tiens téléphone… Notre Premier ministre ! Cela vous intéresse de parler à un crétin ?

-Pas pour l'instant, je mange…

-Vous avez raison, de plus nous sommes sous un tunnel, et ça ne capte pas…

-C'est à ce point là entre vous ?

-Notre couple bat de l'aile, au début tout était beau, il sentait le sable chaud et la camomille, mais avec le temps, notre couple c'est diamétralement éloigné de notre amour premier, et de tout. Maintenant, il sent le café mal torréfié et le papier toilette au parfum industriel. Nous restons ensemble sans respect, mais c'est totalement déraisonnable, seulement pour les enfants, le préfet en particulier encore jeune et neuneu ! Il a de l'amour pour lui, entre demeurés, ils se comprennent.

-Mais il est si abruti que cela le Premier ministre ?

-Pour vous le décrire simplement, le jour où les couillons auront les pieds qui pousseront, lui chaussera du 3 mètres…

-Ah oui, et pour le préfet ?

-Lui, le jour où il essayera d'être aussi gros qu'il est sot, il pèsera 500 kilogrammes. Mais je ne vous ai rien dit, vous verrez avec cette affaire, l'ambiance. Un écrivain dans les années 1975 , nommé Jean-Charles, avait écrit un livre nommé « la foire aux cancres », mais avec eux c'est la foire aux corniauds dans toute sa splendeur, et il n'y a pas d'écrivain, c'est du vrai de vrai et totalement naturel ! Eux, c'est du bio certifié. Abrutis de père en fils depuis plusieurs années, élevés au sol... L'élevage familial est parfois un miracle de la vie, qu'il ne faut pas oublier, et surtout ne pas passer à côté. Vous devriez venir visiter la ferme familiale, l'entrée est gratuite. Nous faisons parking gratuit et buffet campagnard...

-Et qu'est-ce qu'il y a à manger ?

-Du pâté de tête... de crétin, de l'andouille certifiée naturelle, de la cervelle ramollie, des terrines de mauvaise foi, du boudin que nous fait régulièrement le préfet, et j'en oublie...

-Il y a vraiment trop à manger, si je viens, je vais prendre des kilos.

-Cher ami, nos produits ne se font pas au kilo, mais à la tonne… Tous les deux en font des tonnes… Si vous me comprenez.

-Bon courage, je préfère ma place à la vôtre…

-Oh ! vous savez, des simplet il y en a partout.

-Il faut être sage plutôt que sot…

-Le sage a dit : nul n'est prophète dans son pays ! Et le sot lui a répondu : Je ne sais pas, je ne voyage jamais.

-Bon, si après toutes ces bonnes nouvelles, nous prenions un dessert ?

-Téléphone, tiens voilà pigniouf le préfet, je lui réponds, il est dangereux… Cher ami, que me voulez-vous, un problème ! Le Premier ministre me cherche ! Ah non, pas d'appels de lui, il est en colère, qu'arrive-t-il à ce brave homme ? Ah oui, il ne peut pas me parler au téléphone, qu'il envoie un pigeon voyageur… Non, Il veut absolument me parler, d'accord dites lui que je suis là, voilà à plus cher ami.

-Pigniouf le préfet, cela lui va très bien…

-Excusez- moi, un malheur n'arrivant jamais seul, voilà le Premier ministre, je dois lui répondre cette fois-ci, hélas…

-Vous allez essayer de sauver votre couple ? N'oubliez pas que je suis là… Je compte aussi…

 -Allo monsieur le Premier ministre, monsieur le Préfet est affolé, il paraît que vous voulez me parler de toute urgence, que se passe-t-il ? Votre santé va bien, votre femme aussi ?

-Je vous appelle pour cette ambassade, cela n'a que trop duré, j'ai donné l'ordre d'attaquer dans le silence, dans 10 minutes. Préparez-vous à l'assaut.

-C'est une très bonne idée monsieur le Premier ministre, je passe mon gilet pare-balles, et j'attaque avec le préfet l'ambassade. Monsieur le Premier ministre, vous avez raison, cela n'a que trop duré, il faut mettre un terme à cette fanfaronnerie. Je finis de m'habiller et je pars à l'assaut… Veuillez m'excuser, mais ma vieille maman m'appelle sur l'autre ligne, et si je ne lui réponds pas, comme toutes les mamans, elle va s'inquiéter… à plus tard ! Je vous l'avais dit, les imbéciles chauffent de la casserole et le lait va déborder ! Allons-y vite, sinon demain c'est la guerre mondiale dans ce pays.

-Qu'est-ce que vous allez faire ?

-Diversion comme d'habitude, avec les abrutis, il n'y a que cela qui fonctionne. Vous ne devriez pas rester dans le quartier avec moi, sinon vous allez vous faire mal voir, de plus ils vont croire qu'on couche ensemble, et vous n'êtes pas mon style d'homme.

-Pourtant, j'avais pensé pendant le repas…

-Idiote ! A plus chéri… Patron, vous mettrez la note sur mon compte, je suis le ministre de l'Intérieur et c'est moi qui m'occupe de cette affaire qui se passe à quelques centaines de mètres d'ici. Donnez la facture à un policier que je vais vous envoyer, il fera suivre le tout et merci, le repas était excellent…

Sortant du restaurant, il croisa le préfet qui lui demanda :

-Vous avez eu le Premier ministre ?

-Oui, il a dit que nous devons attaquer l'ambassade tous les deux avec des gilets pare-balles.

-Tous les deux, mais jamais pourquoi ?

-Il a simplement dit : monsieur le Préfet est un homme courageux et téméraire, il à l'âme d'un héros, suivez-le, il vous mènera à la victoire en quelques minutes. Alors, préparons-nous à les attaquer tous les deux. Ils ne sont qu'une poignée face à votre courage. Monsieur le Premier ministre m'a dit, qu'il vous nommera ministre après cette attaque, qu'il sait d'avance victorieuse.

-Moi ministre, je ne m'y attendais pas, c'est trop !

-Vous le méritez amplement ! Allez, préparons-nous à l'attaque. Policier, donnez-moi un porte-voix ! Messieurs les preneurs d'otages, d'après monsieur le Premier ministre, votre prise d'otages n'a que trop duré, monsieur le Préfet en personne va venir vous déloger de l'Ambassade, il est armé, il est seul et ne vous craint pas. L'homme est puissant, courageux et téméraire. Il va attaquer par la grande porte, tremblez ennemis de la France, le préfet passe à l'action.

-Et vous, vous faites quoi ?

-Moi je vous suis, prenez un peu d'avance, cela les impressionnera plus encore...

-Vous êtes sûr ?

-Mais déjà, ils doivent être sur le sol les bras écartés attendant votre arrivée ! N'oubliez pas que vous êtes préfet, et dans leur pays, c'est un titre qu'il faut respecter...

La souris attaque

En entendant cela, le chef appela tous les membres, laissant les otages seuls dans les bureaux. Monsieur Louis sut par les bruits des murs, que le moment était venu et qu'il ne fallait pas flancher et faire d'erreurs. Il sut aussi par les bruits, où étaient les otages, il s'était placé sous la trappe menant au secrétariat du chef de cabinet. Il n'y avait qu'à soulever la trappe et foncer. Il respira un grand coup, puis instinctivement fonça… Sortit et poussant témérairement la trappe. Là, il trouva dix otages.

-Chut ne dites rien, écoutez- moi, je viens pour vous libérer, passez vite par la trappe sans faire de bruit vite ! Où sont les autres otages ?

-Une partie est dans le bureau du chef de cabinet, et une autre, dans le secrétariat de l'ambassadeur…

-J'y vais… Descendez en silence, ne m'attendez pas, foncez…

Monsieur Louis ouvrit la porte du bureau-chef de cabinet, alluma et dit mettant son index devant la bouche…

-Chut silence ! dit tout bas monsieur Louis… N'ayez pas peur, que cinq personnes me suivent sur la pointe des pieds… silence vite, ne dites rien, restez calme venez vite,vite,vite… rentrez dans cette pièce et asseyez-vous, ne bougez pas et faites-moi confiance, vous ne risquez rien…

Puis il rentra dans le deuxième bureau et fit la même manœuvre

-Chut ne dites rien, que cinq personnes dans le plus grand silence me suivent, venez vite… entrez dans ce bureau et asseyez-vous… je reviendrai…

À la fin ayant rassuré tout le monde, il repartit par la trappe ayant fait sortir dix personnes au nez des preneurs d'otages, qui, si tout se passait bien, ne s'en apercevraient pas.

Monsieur Louis venait de libérer clandestinement et courageusement dix otages dans un sang-froid incroyable, et le coup de prendre cinq otages dans chaque pièce pour les remplacer ferait que tout passerait inaperçu pour les preneurs. Pas idiot monsieur Louis, vraiment pas bête du tout, astucieux, je dirai même !

-Le préfet avance seul maintenant, cria le ministre de l'Intérieur, entendez-le arriver sur la pointe des pieds, il va pourfendre vos âmes damnées…

Dans les couloirs du sous-sol

-Allez, continuez à courir tout droit, et suivez les flèches que j'ai inscrites sur les murs.

Pendant sa course dans les couloirs, Monsieur Louis se posait la question à savoir s'il avait bien fait, puis il eut un doute…

-Continuez, je reviens !

Il retourna à la trappe, prit une grosse corde et l'accrocha solidement à la poignée de la trappe puis au tuyau d'eau passant sur le sol.

-Comme cela, même s'ils trouvent la trappe, ils ne pourront pas la soulever, quant aux autres trappes, ils ne les trouveront pas ! J'espère que le reste des otages aura compris ma stratégie…

-Mais il nous a laissés à l'intérieur, nous allons mourir dit une femme.

-Non, j'ai compris ce qu'il a fait, il va faire sortir peu à peu les otages sans que les preneurs s'en rendent compte. Nous devons nous placer en groupe, comme cela, ils ne verront pas qu'il en manque. Prenons des vêtements et faisons croire que certains dorment derrière nous… La porte du bureau n'est pas fermée… Très bien, je vais tenter pendant qu'ils sont occupés ailleurs, de passer dans les autres bureaux pour expliquer, je sors et je vous envoie un collègue, puis il fit la même chose dans le troisième bureau où il resta…

Pendant ce temps-là, dehors

-Mais qu'est-ce qu'ils font dehors chef, je ne comprends rien ?

-Moi non plus pour tout te dire, mais ce que j'ai compris c'est que nous ne risquons rien. Je pense que le grand chef qui est le ministre de l'Intérieur, laisse faire cette fanfaronnade pour gagner du temps et que l'on ait ce que l'on veut, la parole sur les chaines de télévision.

-Et le préfet ?

-Il passe pour un demeuré en ce moment, comme l'on dit en France…

-Qu'est-ce que l'on fait ?

-Attendez, et regardez-moi… le préfet, j'en fais mon affaire.

L'homme sortit un sabre japonais appelé Tanaka, ouvrit lentement la porte de l'ambassade, puis hurla en sabrant l'air vers le préfet, qui apeuré retourna se cacher derrière les camions de sécurité !

-Vous avez vu, ils ont voulu me tuer, me couper en morceaux avec leurs sabres…

-Vous avez été héroïque cher préfet, que de courage, que de puissance, vous êtes beau…

tenez, je vous embrasse. Maintenant, il faut cesser l'attaque, et chercher une autre stratégie pour rentrer dedans.

À l'intérieur du bâtiment, les preneurs d'otages riaient aux larmes voyant le préfet partir en hurlant

-Chut dit le chef, je vais faire un message au ministre… Monsieur le Ministre, l'attaque que vous avez faite était intelligente, nous pensions être attaqués en masse, et d'ailleurs. Monsieur le Préfet a été exemplaire et très courageux, nous sommes impressionnés par tant de courage et d'honneur. Il faudra pour la prochaine fois, hélas, pour vous, trouver autre chose, mais bravo l'idée était bonne…

-Vous avez entendu monsieur le Préfet, vous êtes devenu un héros, ils le reconnaissent eux aussi. Ah ! la grandeur de la France est plus puissante grâce à vous. Votre nom sera bientôt sur tous les frontons des palais…

L'inspecteur du ministre arrive en courant

-Monsieur le Président au téléphone dans la voiture…

-Excusez-moi, c'est monsieur le Président de la République,... j'y vais tout de suite… monsieur le Président, monsieur le Préfet comme à son habitude, nous a prouvé la place qu'il avait et ne nous a surtout pas déçu, il a été très naturel, tout à fait lui de tous les jours.

-Un benêt !

-C'est cela monsieur le Président, tout à fait, je lui donnerai vos félicitations, cela lui fera plaisir…

-Il a reçu certainement l'ordre de l'autre abruti de premier ministre…

-Tout à fait monsieur le Président, l'attaque était commandé par lui, c'est un fait d'attaque extraordinaire, quel courage !

-Écartez-moi ces deux idiots de ce dossier, je vous fais totalement confiance, et n'oubliez pas de féliciter cet abruti de ma part !

-Je n'y manquerai pas monsieur le Président, à plus tard… Monsieur le Président n'arrête pas de lancer des éloges sur vous cher préfet, il est aux anges, il pense qu'il faut trouver un autre plan d'attaque pour tout à l'heure, mettons-nous vite au travail.

-Le Président : Mademoiselle, appelez le gouverneur de la banque de France et dites lui d'acheter vite fait des immeubles, les jeux olympiques de la connerie sont bien commencés, et l'or va tombée à flot. La France va devenir riche, très, très riche !

-Qu'est-ce que l'on fait maintenant chef ?

-Retournez-vous reposer, tout va être calme pour la nuit !

-En tout cas, nous avons bien ri...

-Comme disent les Français, les idiots ne déçoivent jamais, on peut leur faire confiance pour cela...

-Mais je vous assure monsieur le Premier ministre, j'étais présent quand le président parlant au ministre de l'Intérieur qui m'a félicité pour mon courage !

-Il vous l'a dit personnellement ?

-Non, c'est le ministre qui lui parlait et il transmettait... Mais il a dit que le président était fier de moi ! Et vous ?

-Moi quoi ?

-Vous êtes fier de moi !

-Je n'arrête pas, je saute de joie depuis 10 minutes, j'en ai mal aux jambes... A plus tard monsieur le Préfet.

-A plus tard monsieur le Premier ministre ! Je suis devenu un héros.

Pendant ce temps dans le sous-sol de l'ambassade

-Mais qui êtes-vous, demanda l'un des otages libéré ?

-Je m'appelle monsieur Louis, et je travaille ici depuis 30 ans.

-Mais nous ne vous connaissons pas.

-J'ai travaillé pour l'ambassadeur voilà 10 ans, mais ce n'est pas le plus important... En premier, il faut encore faire sortir le reste des otages, et j'ai besoin de votre aide.

-Comment ?

-Il faut que l'un de vous aille voir le ministre de l'Intérieur qui est dehors, et sans rien lui dire de ce qu'il vient de se passer dans les sous-sols, lui demander de refaire une attaque identique, ce qui me permettra de faire sortir une deuxième partie des otages, mais tout doit rester secret. Il ne faut pas dévoiler le passage secret, ni même la petite sortie derrière l'ambassade, sinon la police pourrait faire tout rater. Je pense que je peux avoir totalement confiance en vous tous… La vie des autres otages est dans votre silence. C'est une question de respect entre nous.

-Je prends la responsabilité de votre réussite. Qui que vous soyez, pour moi vous êtes un grand monsieur courageux, et je vais m'occuper d'aller voir le ministre de l'Intérieur, je l'ai déjà vu plusieurs fois… j'en fais mon affaire… J'y vais.

-Entendant les preneurs d'otages revenir, les derniers otages font semblant de dormir pour ne pas éveiller les soupçons.

Les diverses portes s'ouvrent, et les preneurs d'otages regardent vaguement.

-Ils sont tous là, ils dorment, et ne se sont pas aperçus de notre absence, laissons-les dormir et allons nous reposer aussi…

Impeccable l'idée de monsieur Louis, ils ne se sont pas aperçus de la disparition des dix otages, monsieur Louis, chapeau bas.

Retrouvant le président des chaines de télés, le ministre de l'Intérieur.

-Alors, la presse, que dit-elle ?

-Rien pour l'instant, il faudra attendre demain

-Et pour la télévision ?

-Pendant cette attaque, les choses ce sont accélérés, ils donnent le droit de parole dans 30 minutes.

-Formidable, préparons tout le monde, réunion au restaurant

-Mais il va fermer…

-Eh bien, il restera ouvert, ah, envoyez un policier pour chercher une facture de repas, en même temps il avertira qu'il ne doit pas fermer, réquisition policière. Au fait cher ami, vous avez vu pigniouf ?

-Il traîne par là… tiens, il est là-bas…

Le ministre l'appelle :

-Pigniouf, oh non !… Monsieur le Préfet hou hou, pouvez vous venir tout de suite ? Dites-moi, mon très cher ami, votre attaque a fait l'effet d'une bombe sur toute la planète, les chaines mondiales par respect pour vous, ont décidé de laisser les preneurs d'otages parler, et on modifier les horaires de diffusion en urgence. Votre vie est plus importante que celle des otages, vous venez de passer à la postérité, chapeau.

-Ce n'était rien, je n'étais que moi.

-Je m'en suis aperçu tout de suite, ne changez jamais, monsieur le Préfet, vous êtes fantastique…

-Je vous le promets sur ma tête, je peux retourner là-bas, je me prépare pour la seconde attaque… Que vous ferez avec moi…

-Oui, tout à fait, je suis et serais plus dans le contexte à vous avoir vu.

Laissant le préfet partir, il se retourna vers le président Legall, et lui dit :

-Ah ! ce que c'est beau la connerie quand c'est bien fait, lui c'est le Rembrandt de la stupidité, le Mozart. Certains ont l'oreille absolue pour la musique, lui c'est le cerveau absolu qu'il a pour la connerie, ses parents ont dû le nourrir avec des croquettes pour animaux, quand il était jeune…

-Monsieur le Ministre, les croquettes pour animaux ne rendent pas si ballot, mon chien est plus intelligent que lui !

-Vous pensez à un accident de poussette dans la descente d'une rue pavée ?

-Cela lui ressemble beaucoup plus.

Un policier arriva :

-Monsieur le Ministre, deux chauffeurs viennent de déposer deux voitures, sur votre demande, paraît-il ?

 -Ah oui, je vous laisse quelques minutes président, mais il faudra se revoir, pour élucider le mystère de cet homme ? Où sont les chauffeurs ?

-Ils sont rue Léopold Levert, ils vous attendent.

Arrivé sur place

-Bonsoir, alors c'est vous qui avez amené les voitures que j'ai demandées à ma secrétaire. Elle vous a dit pourquoi elles allaient servir ?

-Oui, et nous avons vidé tout ce qu'il y avait dedans, et avons fait les pleins d'essence. Tout est en état de marche pour eux !

Très bon travail, vous êtes venu avec un autre chauffeur pour rentrer chez vous ?

-Il n'y avait plus personne, et à cette heure et dans ce quartier…

-Policier, ramenez mes chauffeurs chez eux, avant, vous les emmenez au restaurant qui est au bout à gauche, qu'ils mangent bien, c'est un ordre du préfet, pour cette affaire, et demandez une bonne bouteille de vin grand cru ! Je vous donne aussi votre matinée. Demain après midi, vous passerez chez le chef de cabinet, il aura quelque chose pour vous ! Mangez bien et dormez bien…

Ah ! monsieur   Louis, que diraient les commerçants de votre quartier, s'ils vous voyaient ? Tous et toutes le connaissent, ils le saluent…

-Bonjour, monsieur Louis, comment allez-vous, aujourd'hui…

-Bien gentiment !

-Ah ! monsieur Louis, vous nous manquez dans la semaine, mais l'on pense tous les jours à vous, en vous sachant venir le dimanche…

-Monsieur l'Ambassadeur me demande tant de choses, que je n'ai que la fin de semaine pour me reposer, je commence à fatiguer… Je viens faire les achats pour maman qui reste seule actuellement à la maison… Je lui fais ses achats et comme cela elle peut rester à la maison et ne risque rien.. Elle a mauvaise vue, et ne fait pas trop attention aux voitures… Elle est âgée… Moi, je prends sur mon courage, et puis vous voir me fait plaisir, vous êtes ma détente dans ce si dur travail…

-Il faut prendre votre retraite !

-J'y pense souvent, bientôt cela va arriver, je l'attends avec impatience, je peux vous le dire, il m'use cet ambassadeur, il m'use… Vivement la retraite, être avec maman et mes petits commerçants !!!

Que diraient-ils actuellement en vous voyant sauver tous ces gens… Tous le surnomment « monsieur bien gentiment » ! Tiens, voilà « monsieur bien gentiment ». Il est celui que tous attendent, il met du bonheur dans le marché, il est la mascotte des commerçants et là, monsieur Louis par un courage dont il ne s'attendait pas, vient de secourir dix personnes, et se promet de libérer les autres…

Un policier arriva.

-Monsieur le Ministre, un homme vous demande en privé, c'est urgent, dit-il. Il est dans la rue Léopold Levert, il dit que c'est urgent et très, très important, il ne veut voir que vous et vous seul ! C'est le monsieur qui est là-bas !

Le ministre alla le voir :

-Bonsoir… Vous voulez me voir seul, que se passe-t-il ? Et qui êtes-vous ?

-Oui, marchons un peu si vous le voulez bien, écartons nous de ces gens... Vous n'êtes pas écouté, j'espère.

-Non, pourquoi ?

-Ce que je vais vous dire doit rester entre vous et moi, très secrètement. Je peux avoir votre confiance absolue et votre complicité…

-Oui, si ce que vous me dites est sérieux.

-Je suis l'un des otages de l'ambassade…

-C'est quoi cette idiotie ?

-Ce n'est pas comme vous le dites, si salement une … il y a une autre entrée dans l'ambassade, et dedans se trouve un monsieur âgé appelé monsieur Louis. Un vieux monsieur, qui a déjà fait sortir dix otages au nez des preneurs, et il peut faire sortir les autres si vous marchez avec lui !

-Qui me prouve que vous dites la vérité ?

-Voilà ma carte de l'ambassade, je suis chef du service intérieur, je gère le personnel de l'ambassade. Vous me faites confiance maintenant…

-Que faut-il faire ?

-La même chose que tout à l'heure, votre attaque a fait diversion, et lui a permis de nous délivrer…

-Notre attaque, vous voulez dire celle du préfet.

-Peut-être, nous étions dans le secrétariat du chef de cabinet prisonnier, et nous n'avons rien vu…

-Et combien de personnes vont sortir ?

-Dix autres ! Puis il faudra une autre stratégie pour le reste. Si tout se passe bien, ce monsieur Louis pourra faire sortir les autres otages, au nez et à la barbe des preneurs, et ainsi ils se retrouveront seuls dans l'ambassade. Pour vous prouver que cela est vrai, je reviendrai avec les dix personnes, nous nous mettrons dans la rue, et nous lèverons la main. Vous pourrez ainsi nous voir ?

-Si vous vous mettez à ce même endroit actuellement, je vous verrai. Pour la deuxième attaque, je vous ferai signe de la main, il aura quelques minutes pour se préparer à les faire sortir, pendant notre diversion avec le préfet. Dites à ce monsieur Louis que nous allons donner la possibilité aux preneurs d'otages de parler à la télévision, cela peut l'aider pour la deuxième évasion… Il aura plus de temps…

-Pour lui oui, il pourra pour le deuxième groupe et pour le troisième groupe qui restera dans les bureaux ?

-Je m'en occupe avec le préfet, ce cher préfet... Ne vous inquiétez pas, nous ferons la troisième diversion toute de suite après, sans laisser le temps aux preneurs d'otages de vérifier si tout le monde est présent…

-Je retourne lui dire, et surtout nous ne nous sommes jamais vus monsieur le ministre, nous comptons sur votre silence.

-Vous pouvez totalement et si cela marche je serai heureux de voir la tête des preneurs d'otage, mais aussi celle de quelques andouilles autour de moi, j'en ris d'avance. Dites-lui que dans quelques minutes, ils auront la télévision pour dire leur message…

-J'y retourne monsieur le Ministre.

-Bonne chance… Et maintenant, première attaque sérieuse, le message télévisé. Monsieur le Président Legall, est-ce que tout est prêt, il me faut l'antenne dans,   disons dix minutes maximum, c'est possible ?

-Je viens de recevoir un téléphone satellitaire, tout peut se faire sur ma demande expresse dans tous les pays,

-Appelez-les et préparez-vous au top départ, j'espère seulement que pigniouf et le Premier ministre ne vont pas me faire une merde au dernier moment… J'appelle le président pour plus de sécurité…

Seul dans sa voiture

- Monsieur le Président, je viens d'avoir une bonne nouvelle dont je ne peux rien vous dire, seulement qu'il faut laisser les preneurs d'otages faire leur petit discours. Il faudrait occuper pendant ce temps, les deux êtres supérieurs que vous connaissez… Pouvez-vous m'aider ?

-J'appelle tout de suite le Premier ministre, et je vous débarrasse d'eux, immédiatement.

-Non, pas totalement, juste pour le discours des preneurs d'otages, j'aurai besoin de cet ami après, surtout du Préfet que j'aime plus que tout, et auquel je promets un beau cadeau de Noël. Sa science va me servir pour la suite, je vous expliquerai aussi, cela se fera quelques minutes après le discours…

-Je vous écarte le Premier ministre pendant cette période du discours, cela vous ira ?

-Formidable, je vous rappelle après le discours, monsieur le Président…

Quelques minutes plus tard, il reçut un appel du Premier ministre.

-Monsieur le Ministre, je viens d'avoir un appel du Président, il me fait demander d'urgence à l'Élysée, cellule de crise grave… Je suis indisponible pour quelque temps, si vous me cherchez, téléphonez au secrétariat du président.

-D'accord monsieur le Premier ministre, j'espère que ce n'est pas grave, à plus tard.

À ce moment arriva le préfet en courant, et dit au ministre de l'Intérieur.

-Je viens d'avoir un appel du Premier ministre, l'attaque est prévue par le président en personne. Il me dit de me placer rue de

Vannes, c'est lui qui déclenchera l'attaque de l'Élysée, je dois être prêt, ce sera moi le chef de l'attaque…

-Je vous l'avais dit monsieur le Préfet, le président ne voit plus que par vous, vous rentrez dans l'histoire par la grande porte.

Ils se quittent, et le ministre seul

-Toi mon crétin, c'est plus du trois mètres que tu vas chausser, mais du cinq !! L'on va pouvoir trouver du travail en France, « fabricant et chausseurs pour couillons, de très grandes pointures ».

-Tout est prêt lui dit le président des chaines télés.

-Alors, allons-y ! « Ici le ministre de l'Intérieur, vous avez l'accord pour votre annonce aux télévisions mondiale, vous pouvez sortir en toute confiance, c'est moi qui tiens la police et la gendarmerie, je resterai à vos cotés pendant votre discours.

-Qu'est-ce que l'on fait ?

-L'on sort, j'ai confiance en cet homme, c'est le ministre de l'Intérieur. Je sors… Je suis le chef du groupe Yakati, quand devons-vous parler ?

-Maintenant, les micros et caméras sont en place, vous pouvez vous voir sur vos télévisions. Vous avez les chaines CNN, NHK, EURONEWS, plus les chaines européennes… Je viens me mettre à coté de vous, pour votre sécurité…

À ce moment, il retourna le chef du groupe Yataki, et lui dit tout bas !

-Juste une petite chose avant, en secret… Pouvez-vous augmenter votre discours le plus longtemps, le président me l'a demandé officieusement, cela lui servira pour le prochain sommet de l'Europe, pour ce que vous demandez… Il est totalement avec vous…Vous pouvez y aller…

Se plaçant fier et heureux devant les micros et caméras :

-Je remercie très fortement le président de ce pays et monsieur le ministre de l'Intérieur, pour ce qu'ils ont fait pour nous, ce message est important pour notre nation et notre avenir, des essais scientifiques sont actuellement faits…

Tous les preneurs d'otages étaient alors dans le salon, laissant les otages comme la première fois, seuls.

-Monsieur Louis, lui dit le chef du service intérieur de l'ambassade, c'est le moment, le discours commence.

-J'y vais ! Courage, mon vieux Louis, respire fortement, et fonce.

Monsieur Louis souleva lentement la trappe et ne vit personne, exécuta effectivement la même opération que la première fois et en fit sortir dix autres otages. Puis le chef du service intérieur se précipita avec les dix sortants, pour avertir que tout s'était bien passé, en levant la main et fit signe de deux doigts, voulant dire que le deuxième groupe était libre ! Le ministre alla le voir discrètement :

-Alors, vous êtes tous dehors !

-Non, comme prévu, il y a dix personnes dehors, dix personnes dans le sous-sol, et dix personnes qui restent dans l'ambassade, à faire sortir après le discours comme vous me l'avez dit tout à l'heure.

-Je m'occupe de les amuser, préparez-vous pour la troisième sortie, nous allons faire diversion avec le préfet. Bonne chance, et à tout à l'heure, libre…

S'adressant à un policier :

-Où est monsieur le Préfet ?

-Il est rue de Vannes, il vous attend…

-Dites-lui de venir tout de suite, changement de programme, qu'il vienne au pas de course.

Quelques minutes passent…

-Vous me cherchez monsieur le ministre ?

-Oui, changement de programme, Monsieur le président, vient de m'appeler, il veut que pendant que sont dehors les preneurs d'otages, vous en profitez pour très discrètement et furtivement, rentrer dans l'ambassade, et que vous restiez caché, puis à un moment de ma part, vous foncerez sur eux, ils ne s'y attendront pas. Alors, vous ferez le plus de bruit possible en montant dans les étages, cela aidera les forces de l'ordre pour entrer dans l'ambassade, et faire arrêter tout le monde. Si tout se passe bien, et je vous fais confiance, vous ressortirez avec les otages libres grâce à votre courage, et les télévisions du monde entier verront l'homme que vous êtes, et que vous avez toujours été. Retournons écouter le discours, et mettez-vous du côté gauche de moi, quand je vous ferai une petite poussette de l'épaule, vous rentrerez discrètement dans l'ambassade.

Pendant ce temps, toujours face aux télévisions.

-Et donc, nous ne voulons pas que ces essais se continuent, notre peuple ne peut accepter de telles expériences sur des êtres humains, heureusement, la France dans son respect pour les peuples est en accord avec notre demande, et c'est pourquoi…

Le ministre donna un petit coup d'épaule au préfet qui rentra discrètement dans l'ambassade et se cacha, attendant le signal du ministre.

-Nous crions haut et fort que ces essais soient supprimés, et que notre peuple retrouve sa dignité ! Merci au peuple français de nous comprendre et de nous secourir.

À ce moment, le ministre fit signe au préfet, qui se mit à courir dans les couloirs montant à l'étage en criant :

-Monsieur Louis, allez-y, c'est le départ de la troisième libération... dit le chef du service intérieur.

Monsieur Louis, entièrement rassuré, se précipita et fit sortir le reste des otages d'un tumulte impossible... La libération qui, comme les deux autres, se déroula sans problème. Enfin, monsieur Louis referma la trappe et attacha une corde entre la poignée et le sol, puis s'enfuit avec les otages, sans oublier bien sûr d'éteindre les lumières derrière lui et de refermer les portes avec les verrous. Tout était fini pour lui, mais à l'étage, la situation était différente, le préfet redescendit l'escalier, et retourna dans les bureaux, ne vit personne

.Le ministre de l'Intérieur à côté du président des chaines de télévision monsieur Legall, regardant tout cela :

-J'avais tort… Avec ce préfet, ce n'est pas de l'or qu'il va nous rapporter, c'est du platine pur…Ne riez pas trop fort cher ami, car le plus drôle arrive maintenant, comme je vous l'avais dit, ma vengeance va être belle.

-Où sont les otages ? Les otages ont disparu ! Qui a enlevé les otages ? Hurla le préfet en courant partout… et interrogeant les preneurs d'otages.

-Comment cela, les otages ont disparu, mais ce n'est pas possible, qui les surveillait ? dit le chef du groupe ?

-Personne ! Nous avions la confiance du ministre de l'Intérieur, qu'il ne ferait rien, répondit le second à un des hommes et les portes et fenêtres sont fermées et bloquées, ils ne pouvaient pas sortir…

-Et, pourtant ils sont partis, ils étaient sous votre responsabilité dit le préfet. Où avez-vous mis les otages ?

-Mais je n'en sais rien, moi j'étais dehors à faire mon discours…

-J'appelle tout de suite, le ministre, il ne va pas être content du tout… Monsieur le ministre de l'Intérieur venez vite, il se passe une sale chose, les otages ont disparu, venez voir, il n'y a plus personne !

Le ministre arriva et dit :

-Que se passe-t-il ?

-Monsieur le Ministre, les otages ne sont plus là, ils ont disparu… cherchez… Regardez, il n'y a plus personne…

-Qu'est-ce que cette histoire, par où sont-ils partis ?

-Mais par nulle part, répondit le préfet, il n'y a personne…

-Monsieur le Préfet, si jamais toute cette histoire est bidon, et que vous ayez entourloupé l'administration ainsi que moi, le Premier ministre et le président de la République, pour rien, vous allez avoir de mes nouvelles, je vous le promets sérieusement… Alors fouillez-moi le bâtiment dans les moindres recoins, et retrouvez-moi ses otages. Nous ne sommes pas là pour rire, il en va du respect de la hiérarchie administrative… et de l'administration française… La France à autre chose à faire monsieur le Préfet actuellement, que de faire des blagues louches et stupides… Retrouvez-moi ces otages…

Dix minutes plus tard le verdict tomba, il n'y avait personne dans   l'ambassade.

-Monsieur le Préfet, à jouer au crétin avec les autres, on se brûle, vous allez avoir de mes nouvelles, c'est promis. Quant à vous messieurs, veuillez recevoir mes excuses les plus plates, pour vous avoir fait passer pour des escrocs, des bandits et aussi pour des kidnappeurs. Vous êtes libre de partir, étant donné qu'il n'y a personne de pris comme otages. Deux voitures administratives vous attendent rue Léopold Levert… Quant à vous monsieur le Préfet, je ne vous dirai que deux choses… La première est que le jour où les idiots comme vous se transformeront en toupie, vous n'arrêterez pas de tourner pendant des milliers d'années, et deuxième chose est d'aller vous excuser platement devant toutes les télévisions de la planète, pour incapacité mentale… Moi je préfère partir par la petite porte pour ne pas voir la honte retombée sur toute ma famille… Je ne vous salue pas monsieur le Préfet, et je peux vous dire, que le Larzac avec ses chèvres va devenir pour vous, une terre d'asile politique…

Le ministre de l'Intérieur partit par-derrière dans un grand silence, accompagné de monsieur Legall, président des chaines de télévisions, riant de bonheur. Il venait de se venger du préfet et du Premier ministre, qu'il n'allait pas non plus louper à l'Assemblée nationale.

Quant à monsieur Louis, discrètement, pendant que les otages sortirent et furent mis en sécurité, il retira tranquillement ses charentaises, enfila ses belles chaussures, prit son cartable avec ses restes de nourriture et s'en allait tranquillement éteindre les lumières comme chaque soir en tant que fonctionnaire zélé et surtout respectueux de l'argent du peuple dont il est membre. Puis gentiment rentra chez lui sans se faire remarquer par personne, prit le train de 23h30... horaire inhabituelle pour lui, et décida fort sagement pendant son retour, que l'heure de la retraite était venue pour lui.

Quelques jours plus tard, par courrier, il a reçu une lettre de l'ambassade le nommant ambassadeur adjoint en vue de sa retraite. Ensuite, à la demande du ministre de l'Intérieur, il reçut la grande croix du courage et du patriotisme français, et peu de temps après, a été nommé par le Président de la République, chevalier de la Légion d'honneur.

Sur le marché de son quartier, comme d'habitude, monsieur Louis fait ses victuailles.

-Monsieur Louis, comment allez-vous aujourd'hui ? dit le commerçant… Mais ce n'est pas votre jour habituel ?

-Je vais très bien, je vous ai écouté, et j'ai donné mon départ à monsieur l'Ambassadeur qui était déçu et perdu… Mais c'est comme cela, il faut parfois penser à soi et à sa famille, surtout maman qui est maintenant rassurée.

-Mais monsieur Louis, c'est quoi ces décorations que vous avez sur vous ?

C'est pour remerciement de ce que j'ai fait, en tout bien et tout honneur, pendant si longtemps… Monsieur l'Ambassadeur est monté très haut et voilà le résultat… Celle-là vient de lui, il m'a nommé Ambassadeur adjoint au titre de la retraite. Celle-là vient directement du ministre de l'Intérieur, c'est la croix du courage et du patriotisme français, et celle-là, vient du président de la République, c'est la Légion d'honneur.

-Monsieur Louis, nous qui pensions avoir simplement un monsieur sans valeur, mais courageux dans son travail… Monsieur Louis a reçu des médailles et des décorations venant du président du pays, venez voir vite…

Les médailles de monsieur Louis firent vite le tour de tout le quartier, où il passa pour un grand homme, et tout aussi discrètement, monsieur Louis disparut sans rien dire, dans le silence de l'éternité, seul dans son pavillon de banlieue où il y vivait depuis si longtemps… oublié de tous… quelques mois après…

Dormez bien monsieur Louis, ou plutôt monsieur Marcellin…

FIN

L'étrange Monsieur Louis

© 2023, Harry Trincheti
Édition : BoD – Books on Demand, info@bod.fr
Impression : BoD – Books on Demand,
In de Tarpen 42, Norderstedt (Allemagne)
Impression à la demande
ISBN : 978-2-3220-1101-8
Dépôt légal : Janvier 2023